Son plus beau secret

Son plus beau secret

CAROL STANLEY

Traduit de l'anglais par
Claudine Azoulay

**Les éditions
Héritage inc.**

Données de catalogage avant publication (Canada)

Stanley, Carol, 1946-

   Son plus beau secret
   (Coeurà-Coeur ; 77).
   Traduction de : Take care of my girl.
   Pour adolescents.

   ISBN 2-7625-3180-2

   I. Titre.   II. Collection.
PS3569.T3319T3414 1989   813'.54   C89-096227-8

Take Care of My Girl
Copyright© 1978 Carol Stanley
Publié par Scholastic Inc.

Version française
© Les Éditions Héritage Inc. 1989
Tous droits réservés

Dépôts légaux : 3e trimestre 1989
Bibliothèque nationale du Québec
Bibliothèque nationale du Canada

ISBN : 2-7625-3180-2   Imprimé au Canada

Photocomposition : Deval-Studiolitho inc.

LES ÉDITIONS HÉRITAGE INC.
300, Arran, Saint-Lambert, Québec J4R 1K5
(514) 875-0327

CHAPITRE UN

Valérie Arcand était assise à la dernière rangée de la classe, près de la fenêtre pendant le cours d'histoire de monsieur Lavillette. En plus d'être myope comme une taupe, ce dernier avait une mauvaise mémoire. Par conséquent, si l'on s'assoyait au fond de la classe, on était rarement interrogé. Ce qui convenait parfaitement à Valérie. Elle aimait avoir la liberté d'écouter le professeur quand bon lui semblait ou d'écrire des poèmes ou de regarder la neige tomber en rêvassant.

Ce jour-là, cependant, elle était un peu nerveuse car cela faisait déjà longtemps que le professeur ne l'avait pas interrogée et elle sentait son tour venir. Elle fit donc l'effort de prêter attention à ce que monsieur Lavillette disait, ce qui était des plus difficiles car, même s'il était un bon professeur assez sympathique, si l'on écoutait plus de quelques minutes son ton monocorde, on était certain soit de s'assoupir, soit de s'énerver à l'entendre entamer presque chacune de ses phrases par un « Bref,… »

Cet après-midi-là, il lui était encore plus difficile que d'habitude d'accorder toute son attention à l'Histoire car son esprit était entièrement occupé à haïr Justine Adam — plus particulièrement à rejouer la scène qui avait eu lieu le matin même à leurs casiers.

Selon Valérie, Justine n'avait pas grand-chose à faire pour être haïssable ; sa seule existence était suffisante. Tout ce que Valérie avait à faire pour grincer des dents c'était de penser à n'importe quel aspect de la vie gâtée de Justine : les vêtements qu'elle portait plusieurs mois avant que toutes les autres filles ne les copient ; son habileté à se sortir du pétrin rien qu'avec un de ses sourires éclatants ; sa chance d'être inscrite au tableau d'honneur chaque semestre alors que Valérie savait de source sûre que Justine n'étudiait jamais ; Jérémie Constant qui l'escortait à chacun de ses cours et avec qui elle sortait le samedi ET le dimanche soir chaque week-end (quoique ce dernier élément ne fût qu'une supposition de la part de Valérie).

Et pour couronner le tout, Justine qui, auparavant, ignorait totalement Valérie, avait maintenant pris l'habitude de la toiser chaque matin à leurs casiers dans l'espoir de trouver un motif d'attaque. Ce matin-là, elle était allée trop loin.

Valérie avait porté pour la première fois le pendentif en céramique en forme de dauphin que ses parents lui avaient ramené de leur voyage en Floride le mois dernier. Justine l'avait probablement tout de suite repéré car Valérie venait à peine d'ouvrir le cadenas de son casier qu'elle entendit Justine marmonner tout en farfouillant dans son casier :

— Ça sent le poisson pourri par ici.

Valérie suspendit son manteau, déposa son lunch sur la tablette, sortit son livre de français, referma brusquement son casier et se dirigea vers sa classe-repère. Elle n'avait pas l'intention de supporter la subtilité de Justine une minute de plus.

Et à présent, en cours d'histoire, elle essayait de trouver les répliques mordantes qu'elle aurait pu faire, qui lui auraient permis à la fois de sauver la face et de remettre Justine à sa place. Il lui fallut presque toute la durée du cours pour en trouver trois. De toute manière, elle les avait trouvées trop tard. Toujours trop tard, là était justement son problème.

Ce qui l'ennuyait encore plus, cependant, c'est qu'au premier interclasse, elle était allée dans les toilettes, avait retiré son pendentif et l'avait mis dans sa poche. Elle avait beau se dire qu'elle agissait ainsi pour éviter tout autre sarcasme, elle ne pouvait s'empêcher de se sentir coupable. Elle était obligée de reconnaître que, d'une manière vraiment mesquine, elle reniait le goût de sa mère pour être en harmonie avec des gens comme Justine dont elle se moquait pas mal, ou du moins dont elle aurait dû se moquer pas mal.

Malheureusement, même si l'on sait qu'on a raison et qu'elles ont tort, il est difficile de ne pas se soucier de filles comme Justine. Car à l'école ce sont elles qui font la pluie et le beau temps. On les écoute. Si l'on ne s'entend pas avec elles, si l'on ne fait pas d'efforts pour leur ressembler et leur plaire, personne ne vous adresse la parole dans les corridors, on ne vous emprunte pas votre rouge à lèvres, on ne vous invite pas à aller chez McDonald's après la classe ou aux matches de basket-ball le vendredi soir. Et on fait des farces au sujet de votre pendentif en forme de poisson. Évidemment, si Justine avait porté ce pendentif, toutes les filles de l'école se seraient procuré le même dans les trois semaines suivantes. C'était vraiment injuste.

Quelle importance? se dit Valérie tout en rentrant chez elle. De toute manière, elle n'aurait pas voulu faire partie de leur stupide bande même si elles l'en avaient suppliée.

Elle n'était pas complètement seule malgré tout. Elle avait quelques copines. Elles étaient cinq en tout dans le groupe. Valérie avait dans l'idée que les autres, tout comme elle, se tenaient ensemble pour ne pas être seule et que cette situation n'était que temporaire, en attendant mieux.

Marion était la plus intelligente d'entre elles. Mais on aurait dit une personne de quarante-cinq ans affublée d'un corps d'adolescente. Valérie aurait aimé apprécier un peu plus Marion mais il était bien difficile d'approcher une personne toujours aussi sérieuse et sage qui ne s'intéressait qu'à une seule chose d'une année à l'autre : remporter le premier prix à l'exposition de sciences de l'école.

Béate était plus amusante, mais écervelée et tellement fofolle qu'elle ricanait sans arrêt même quand il n'y avait rien de drôle. À chaque fois qu'elle était en présence de Béate (que personne, pas même les professeurs les plus âgés, ne prenait la peine d'appeler Béatrice) plus d'une heure, Valérie commençait à se sentir comme quelqu'un qui vient de recevoir des grands coups de maillet sur la tête.

Ariane, elle, était très huppée. Ses parents avaient beaucoup d'argent, une grande maison et une domestique. Comme elle avait une table de billard, un grille-maïs et un système de son dans sa chambre, sa résidence était devenue le point de ralliement du groupe, ce qu'Ariane avait mal interprété. En effet, elle en avait conclu que toutes les filles venaient chez elle parce qu'elle était le chef de la bande. Et personne n'avait eu le courage de la contredire, ou n'avait suffisamment à coeur la bande pour se soucier de son chef. L'ennui, c'est que le pouvoir qu'elle s'était attribué la rendait un peu odieuse. Elle avait tendance à se prendre pour une autre. Heureusement qu'elle n'avait pas un dixième de ce qu'elle croyait avoir, sinon elle aurait été carrément insupportable. Le fait qu'elle ait eu de l'embonpoint, qu'elle ait été peu attrayante, qu'elle ne soit jamais sortie avec un garçon et qu'elle ait été peu aimée des jeunes à l'école, l'obligeait à la modestie. La plupart du temps, Valérie ne faisait pas cas d'elle. Mais si Ariane osait lui répéter qu'elle devrait aller au Salon de Paris, qu'avec une coiffure convenable, elle ferait moins vieux jeu, Valérie allait trouver quoi lui répondre.

La meilleure de toutes était Lucie, et encore là, elle laissait beaucoup à désirer. Une amitié pouvait-elle reposer sur le simple fait que l'on ait été voisines depuis six ans ? Lucie avait ses bons côtés. Elle était toujours plus ou moins disponible et prête à vous tenir compagnie. Son plus gros défaut, c'est qu'elle était d'un ennui mortel. Elle avait une cervelle d'oiseau et seulement deux centres d'intérêt : le cor d'harmonie — qu'elle pratiquait deux heures par jour — et les garçons. Ce qui limitait fort leurs sujets de conversation car Valérie en savait encore moins sur les garçons que sur le cor d'harmonie.

Quel que fût le sujet abordé, le manque de finesse de Lucie était exaspérant. Par exemple, lorsque, au dîner, Valérie lui conta l'incident avec Justine Adam, Lucie l'écouta avec une attention relâchée compte tenu du fait qu'elle se préoccupât durant tout le repas de savoir si Jean-François Lemieux la regardait. Une fois le récit de Valérie terminé, Lucie fit le commentaire suivant : « Ouais, elle se prend pour une autre alors qu'elle est la plus mauvaise clarinettiste de la fanfare. » Voilà exactement quelle était la situation avec Lucie. On pouvait compter sur elle, mais pas à cent pour cent. Habituellement, Valérie ne s'en plaignait pas. Depuis quelque temps, cependant, il lui arrivait de souhaiter avoir une véritable amie.

D'ailleurs, bien des questions lui trottinaient dans la tête dernièrement. Elle ne se demandait pas seulement pourquoi Justine Adam n'arrêtait pas de la niaiser. Elle se demandait aussi pourquoi elle semblait perdre ses moyens chaque fois que Richard Padillo l'effleurait en passant près d'elle pour aller s'asseoir à son pupitre pendant le cours d'espagnol.

Il y avait autre chose qu'elle ne comprenait pas : Pourquoi avait-elle autant de facilités avec son travail scolaire et autant de problèmes avec tout ce qui était parascolaire ? Elle aurait aimé avoir quelqu'un qui l'aide à trouver des réponses à ses questions mais personne à l'école secondaire de Morency ne faisait l'affaire.

En rentrant chez elle, son humeur s'améliora un peu. Le pire de la journée était passé ; le meilleur l'attendait.

Sa mère était supposée avoir acheté du tissu pour le nouveau blazer de Valérie, dont elles devaient couper le patron le soir. Sachant que sa mère était à la cuisine affairée à préparer le souper, Valérie entra chez elle par la porte de derrière. C'était un des petits détails permanents et agréables de sa vie : tous les jours, en rentrant de l'école à quatre heures, elle trouvait sa mère dans la cuisine occupée à préparer le souper. Si, par hasard, madame Arcand s'était aventurée au sous-sol mettre une lessive à sécher ou autre chose, Valérie en aurait été stupéfaite.

Cela ne risquait pas d'arriver, cependant, car sa mère était une personne très organisée. Le matin, elle travaillait chez un antiquaire. S'il y avait de la lessive, elle la faisait toujours entre midi et deux heures. Suivaient l'époussetage, l'aspirateur et autre ménage, qui devaient être terminés à quatre heures car à quatre heures, elle était toujours dans la cuisine occupée à préparer le souper.

— Bonjour, ma chérie, l'accueillit sa mère.

— Bonjour. Que prépares-tu ?

— Juste du poulet rôti. Je n'ai pas beaucoup d'imagination aujourd'hui. Comment ça s'est passé à l'école?

— Correct, répondit Valérie tout en retirant ses bottes et en prenant soin de les poser sur le journal étalé à cet effet près de la porte.

— Juste correct?

— Non, bien. Nous avons eu le résultat de notre dissertation en français.

— Et tu as eu un A.

— Comment le sais-tu?

— De deux manières. Parce que tu commences toujours par le meilleur et parce que tu as toujours des A en français.

— Ah bon. Et s'il m'arrivait d'avoir un B ou même un C? Serais-tu déçue?

— Bien sûr car je saurais que tu n'as pas travaillé assez fort.

— Je travaille fort.

— Je le sais. Veux-tu un morceau de gâteau au chocolat?

— Non, merci, j'ai recommencé à engraisser. Je ne voudrais pas avoir besoin d'acheter un patron une taille plus grande pour mon blazer.

— Ah, à ce propos, ma chérie. Figure-toi que j'ai complètement oublié d'acheter ton tissu.

— Quoi?

— J'ai eu une journée de fou. Après avoir dîné avec ton père, j'ai dû courir au centre d'achats acheter des petites choses.

— Justement, le magasin de tissus était sur ton chemin. Je ne comprends pas comment tu as pu oublier.

— Valérie, ça suffit! Je ne supporte pas que tu boudes juste pour ça. J'ai été très occupée toute la journée et ça m'est sorti de l'idée. Nous remettrons ça à demain ou à après-demain. Tu es sûre que tu ne veux pas une collation ?

— Non, merci. J'attendrai le souper. Je vais dans ma chambre. J'ai beaucoup de devoirs.

Ce qui était un mensonge. Valérie n'avait jamais autant de devoirs qu'elle le prétendait et les deux heures après le souper pendant lesquelles elle était supposée étudier à la table de la cuisine était amplement suffisantes pour tout faire. Mais ses travaux scolaires étaient une bonne excuse pour monter dans sa chambre. La plupart du temps, elle faisait un petit somme — ce que sa mère désapprouvait, jugeant qu'un petit somme empêche de s'endormir le soir et entraîne des mauvaises habitudes de sommeil — ou elle lisait des romans policiers, ce que, selon sa mère, elle faisait beaucoup trop au lieu de participer à des activités parascolaires.

Son père, en revanche, semblait peu se soucier de ce qu'elle faisait de ses loisirs. Si elle s'était mise à cambrioler ou si elle avait fait partie des Hell's Angels, son père se serait peut-être occupé de son cas, mais il ne semblait pas remarquer le moindrement les activités ordinaires et ennuyeuses de Valérie. Le problème majeur, c'était sa mère qui craignait que Valérie ne soit pas une adolescente normale.

Les craintes de sa mère ne la dérangeaient pas trop, cependant, car cette dernière avait une définition de ce que devrait être « une adolescente normale » qui retardait de dix ans. Par exemple, Valérie avait surpris une conversation entre sa mère et une amie de celle-ci dans laquelle sa mère s'inquiétait parce que Valérie n'amenait pas une bande d'amis chez elle jusqu'aux petites heures du matin, qu'elle ne restait pas pendue au téléphone pendant des heures, qu'elle n'appartenait à aucun fan club et que sa chambre n'était pas dans un fouillis perpétuel.

— Remarque bien que si c'était le cas, je ne la laisserais pas faire, avait dit sa mère à son amie, mais ce genre de problèmes serait facile à régler. Si elle faisait des bêtises, je pourrais au moins la punir en l'empêchant de sortir. Mais que peut-on faire avec une enfant qui se punit elle-même en ne sortant jamais?

Cette dernière remarque avait laissé Valérie stupéfaite. Non pas qu'elle se sentît mal de ne jamais faire de bêtises. Ce qui la dérangeait, c'est de savoir que si elle était punie et qu'on l'empêchait de sortir, ça ne changerait en rien sa vie sociale réduite, au départ, à néant.

Ses parents ne lui avaient pas encore donné la permission de sortir, c'est un fait. Ou plutôt, non, c'est en partie un mensonge. Ils lui avaient dit lorsqu'elle avait commencé son secondaire qu'il était encore trop tôt pour qu'elle sorte. Depuis lors, il n'y avait pas eu d'occasion de mettre le sujet sur le tapis ; elle ne savait donc pas quelle était leur opinion actuelle à cet égard.

Il y avait cependant eu deux exceptions, si l'on peut les considérer comme des sorties, surtout la deuxième. La première était la danse de fin d'année en secondaire I. Michel Morrissette, qui habitait à deux pas de chez elle et qu'elle connaissait depuis l'âge de quatre ans, l'avait avisée que son père les conduirait à l'école pour la soirée dansante. Une fois dans le gymnase, tout en sirotant du jus de fruits et en mangeant des biscuits, Michel lui avait demandé si elle avait réussi à son examen final d'histoire et elle lui avait demandé s'il collectionnait toujours les timbres. Leur conversation se résuma à cela. Après quoi, il passa le reste de la soirée à bavarder avec un groupe de garçons adossés au mur. Et elle passa le reste de la soirée adossée contre un autre mur avec ses copines. À onze heures, le père de

Michel, qui était apparemment le seul à considérer cette soirée comme une sortie pour son fils et Valérie, vint les chercher et les emmena manger une pizza.

La deuxième exception avait eu lieu l'an passé. Elle était sortie souper avec ses parents et des amis à eux qui étaient venus leur rendre visite et qui avaient un garçon de dix-sept ans, Freddy. Par conséquent, Valérie et lui se retrouvèrent en couple pour la soirée en compagnie des quatre adultes qui trouvaient cela «mignon, n'est-ce pas» et n'arrêtaient pas de ricaner. Les parents de Valérie et leurs amis sortirent boire un verre après le souper. Freddy prit donc la voiture de son père pour reconduire Valérie chez elle. Il l'escorta jusqu'à la porte. Une fois sur le seuil, ils restèrent un moment sans savoir quoi dire ni quoi faire. Finalement, Valérie décida d'entrer chez elle et, juste au moment où elle se retournait pour partir, Freddy s'était décidé à l'embrasser et il se retrouva donc à embrasser le col du manteau de Valérie. À chaque fois qu'elle y repensait, elle en était gênée.

À présent, si on l'invitait, elle répondait que ses parents ne la laissaient pas sortir. C'était plus simple que d'expliquer qu'elle n'était sortie (si l'on peut appeler cela ainsi) que deux fois avec un garçon. C'était aussi moins embarrassant. De cette manière, on avait l'impression que ses parents étaient les seuls à blâmer, et qu'elle n'essayait pas de les convaincre à la laisser sortir car elle attendait le moment approprié et la personne idéale.

Le fait qu'elle n'ait pas encore fréquenté de garçons, alors que la majorité des filles de son âge l'avaient déjà fait, lui faisait craindre qu'elle ne fût pas une adolescente normale, et cela n'avait rien à voir avec les raisons futiles de sa mère. En outre, elle n'avait pas de secrets savoureux à cacher à ses parents. Toutes ses copines lui faisaient des confidences et ajoutaient toujours de ne pas le dire à leurs parents. Elle, par contre, n'avait rien qui ne soit pas suffisamment convenable pour ne pas le leur dire. Excepté son maquillage.

Valérie ne savait pas pour quelle raison elle s'achetait autant de maquillage. Ces dépenses grevaient son argent de poche et, puisque sa mère la trouvait trop jeune pour mettre autre chose que du rouge à lèvres clair, elle ne portait du maquillage que dans sa chambre. Elle se maquillait avec soin en rentrant de l'école et se démaquillait ensuite avant de descendre souper. De temps à autre, elle se disait que son attitude était ridicule, elle prenait la résolution de ne plus s'acheter de maquillage, puis elle voyait dans une revue une nouvelle teinte d'ombre à paupières ou de rouge à lèvres qui promettaient d'accomplir le miracle et de la transformer de l'adolescente quelconque qu'elle était en sosie du superbe modèle photographié dans le magazine, et elle était de nouveau prise au piège.

Cet après-midi-là, cependant, même si elle venait juste de s'acheter un eye-liner couleur sable qui avait l'air particulièrement prometteur, elle n'avait pas le goût de se maquiller. Elle n'avait pas non plus envie de lire ni de dormir. Ce qu'elle avait le goût de faire par-dessus tout, c'était de bouder.

Ça n'était pas le genre de sa mère d'oublier quelque chose d'aussi important que ce tissu. Et pas son genre non plus d'en vouloir à sa fille de s'être fâchée. En général, elles s'entendaient bien en autant que Valérie prît soin de ne pas franchir les limites que sa mère avait établies.

La deuxième chose qui la turlupinait, c'était que sa mère ait dîné avec son mari. Ses parents n'avaient absolument jamais dîné ensemble. Il se passait donc quelque chose dont ils ne pouvaient pas discuter à la maison en présence de Valérie. Quelque chose qui la concernait? Elle ne voyait vraiment pas ce que ça pouvait être. Ils allaient peut-être divorcer? Valérie en doutait beaucoup car ses parents ne se disputaient jamais et son père embrassait toujours sa femme en rentrant du travail le soir. Ils riaient de leurs plaisanteries et avaient l'air de s'aimer. Valérie ne trouvait dans leur attitude rien qui eût pu présager un divorce.

Il y avait pourtant quelque chose. Elle s'allongea sur son lit, les yeux fixés au plafond, et réfléchit un moment pour essayer de deviner quel était le problème, puis elle s'endormit.

Au souper, tout avait l'air normal. Son père lui parut néanmoins un peu distrait lorsqu'il lui demanda, par exemple, de lui faire passer le pain alors que la panière était devant lui. Cette attitude n'était cependant pas inhabituelle pour lui. Il avait toujours l'air absent lorsqu'il était préoccupé par son travail.

Après souper, Valérie fit la vaisselle, ce qui était une des tâches ménagères qu'elle devait faire en échange de l'argent de poche qu'elle gaspillait en maquillage. Une fois le dernier ustensile rangé, elle alla chercher ses manuels scolaires et étudia dans la cuisine jusqu'à neuf heures, heure à laquelle elle avait la permission de regarder la télé pendant deux heures avant d'aller au lit.

On était jeudi, jour où passaient deux de ses émissions favorites. Elle avait par conséquent hâte de s'installer devant le téléviseur avec un verre de lait et une part de gâteau au chocolat auquel elle avait fini par succomber.

Lorsqu'elle arriva dans le salon, elle trouva ses parents déjà occupés à regarder le début d'une de ses émissions. En la voyant arriver, ils échangèrent un regard et son père éteignit le téléviseur. Valérie comprit tout de suite qu'elle avait eu raison cet après-midi. Il se passait quelque chose.

— Viens t'asseoir avec nous ; nous avons une nouvelle extraordinaire à t'apprendre, lui dit sa mère. La compagnie a décidé d'informatiser toutes ses succursales comme elle l'a fait dans celle de ton père.

— C'est ça la nouvelle ?

— Non, pas vraiment, je vais t'expliquer, dit à son tour son père. Ils ont besoin de quelqu'un pour superviser l'installation. Puisque c'est moi qui ai commencé le projet, ils se disent que je ferais aussi bien de le continuer.

— Il est trop modeste, intervint sa mère. C'est une promotion importante, et lorsqu'il aura terminé ce travail d'expert, il aura droit à un poste beaucoup plus important. Nous avons attendu un mois avant d'être certains que ce projet allait se réaliser.

— Combien de succursales y a-t-il ?

— Sept.

— Et tu as besoin d'aller dans chacune d'elles ? Tu ne pourrais pas t'en occuper par téléphone par exemple ?

— Non, c'est impossible.

— Il va falloir que tu nous laisses seules, maman et moi, pendant tout ce temps-là ?

— Pas exactement.

— Tu veux dire qu'on va aller avec toi ? Oh, chouette !

— Attends, ne t'emballe pas inutilement. À quelle école irais-tu ? N'oublie pas que je vais aller dans sept villes différentes.

— J'aurais juste à amener mes livres et à étudier seule.

— Non, je crains que ce ne soit pas suffisant. Nous avons téléphoné à ton directeur cet après-midi. Il nous a informés qu'il était impossible de te laisser quitter la classe pendant si longtemps et de te donner malgré tout tes crédits. Par conséquent, j'ai bien peur que cette fois-ci, ce ne soit que ta mère et moi.

— Vous allez me laisser ici toute seule? Je ne pourrai pas le supporter. Il faudra que je fasse l'épicerie, je repasse très mal, et je crois que j'aurai peur la nuit.

— Voyons, ma chérie, crois-tu réellement que nous t'abandonnerions aussi facilement?

— Non, pas vraiment.

— Bien sûr que non. Ta mère et moi avons tout planifié. Nous allons t'envelopper dans une couverture, te mettre dans un grand couffin et te déposer sur le seuil du premier couvent venu.

— Ton père plaisante. J'ai appelé ta tante Céline ce soir et tout est arrangé. Ils sont ravis de t'avoir en pension. Tu partiras juste après le Nouvel An et tu termineras ton année scolaire là-bas. Ton père devrait avoir terminé son contrat d'ici l'été prochain. À ce moment-là, tu pourras revenir ici et terminer ton secondaire à Morency.

— Alors? dit son père après un silence d'au moins trois minutes. Tu ne dis rien?

— Est-ce que je pourrais aller au couvent à la place?

CHAPITRE DEUX

— Franchement, Valérie, je ne comprends pas pourquoi ce projet te contrarie tant, s'étonna Lucie. Tu as la chance de ta vie de quitter cette ville minable et cette école minable et d'aller dans un endroit super et tu te comportes comme si on t'envoyait au bagne.

On était samedi. Lucie dormait chez Valérie. Elles étaient donc dans la chambre de celle-ci, en train de se mettre en pyjama avant d'aller regarder la télévision.

— Qu'est-ce qui te fait croire que là où je vais, c'est « super » comme tu dis ?

— Je ne sais pas. Il me semble que n'importe où ailleurs, ce doit être mieux que Morency.

— Tu dis cela parce que tu n'es jamais allée ailleurs. Tu veux que je te dise comment c'est, Port-Louis ? C'est Morency au bord d'un lac. C'est aussi petit et aussi ennuyeux. Quoique je préfère encore aller là que dans une grande ville où je paraîtrais sans doute trop vieux jeu à côté de tous ces jeunes qui s'habillent et se coiffent à la dernière mode.

— Alors, je ne vois pas où est le problème puisque tu sais déjà comment c'est là-bas et que ça ressemble à ici sans être ici ? Ça me semble parfait.

— Ce n'est pas Port-Louis qui est le problème, Lucie. C'est ma tante Céline.

— As-tu peur qu'elle te maltraite ?

— Au contraire, elle est du genre dynamique, qui s'intéresse trop à ce que l'on fait et elle a toujours des idées extravagantes pour soi-disant rompre la monotonie de la vie. Il y a deux ans, nous avons passé une semaine chez elle pendant l'été. Un beau soir, comme ça, d'un coup, il lui a pris l'idée qu'au lieu de rester à la maison, nous pourrions aller camper. À notre réveil le lendemain matin, on a découvert qu'elle avait mis sacs de couchage et havresacs dans sa familiale, et nous sommes partis pendant deux jours.

— Et alors, est-ce que c'était plaisant ?

— Ouais, pas mal. Pour moi en tout cas. Un matin, nous avons vu deux ours. Mais tu vois ma mère en train de camper ?

— Oui, je la vois très bien balayer les feuilles du sol parce qu'elles font trop désordonné.

— Elle s'est retenue mais j'ai bien l'impression que c'est ce qu'elle avait en tête presque tout le temps.

— Elle n'a pas l'air si terrible que ça cette tante Céline. Au contraire, c'est une bonne vivante ; il n'y a aucun mal à cela.

— Je ne voulais pas la faire passer pour une sorcière non plus. Le problème, c'est que nous sommes pas mal différentes. Moi j'aime bien qu'on me laisse la paix et elle, justement, ne laisse jamais la paix à personne.

— N'y a-t-il pas un oncle avec cette tante Céline ?

— Oui, Frank. Il est correct. Mais je ne t'ai pas encore dit le pire de tout. C'est ma cousine, Laurence. Elle a un an de plus que moi. C'est bien simple, je la hais. Elle est encore pire, si c'est possible de l'être, que Justine Adam.

— Bah, ne te tracasse pas, la réconforta Lucie. Elle passera probablement tout son temps à l'école à pratiquer sa clarinette. Tu n'auras sûrement pas à la supporter beaucoup.

— Je voudrais bien te croire mais il y a peu de chance que ça se passe comme ça. Allez, viens, on va regarder un film pour se changer les idées.

Le mois suivant passa à toute allure. La magie du temps des Fêtes imprégna les deux dernières semaines de classe et leur apporta son lot de bonne humeur, de pièces de théâtre et de parties de Noël. Les deux semaines de vacances se passèrent en décoration de sapin, achat de cadeaux, pâtisserie et visite de la parenté. Valérie apprécia grandement ces activités car elles lui gardaient l'esprit occupé et l'empêchaient de penser à ce qui l'attendait. Le Nouvel An signifiait la fin des réjouissances pour sept à huit mois. Et le jour fatidique, soit le 2 janvier, arriva.

Ce jour-là, la mère de Valérie se montra particulièrement aimable. Elle prépara à sa fille son déjeuner préféré : crêpes et bacon, le dernier repas du condamné. Mais sa mère ne pouvait pas l'amadouer aussi facilement. Sous quelque angle qu'elle ait analysé la chose, Valérie en était venue à la conclusion que ses parents lui avaient fait un coup vraiment mesquin.

Tout d'abord, elle avait essayé de se révolter en boudant, ce qui n'avait été d'aucune utilité et risquait même de lui attirer une punition si elle continuait trop longtemps. Elle avait ensuite essayé de les raisonner. Elle avait allégué qu'elle allait se sentir mal à l'aise et pas à sa place dans une maison inconnue avec de la parenté qu'elle connaissait peu. Ces objections furent tout aussi inefficaces que la bouderie. Bien qu'ils aient gardé leur calme et leur amabilité, ils avaient été inébranlables et n'avaient pas démordu de leur décision. Ils ne pouvaient pas la laisser seule à la maison, sa grand-mère était trop vieille pour s'occuper d'elle, et aucun membre de la famille qui restait à Morency n'avait de place pour l'héberger.

Pendant quelques jours, Valérie eut une lueur d'espoir en la personne de Lucie. En effet, après avoir parlé à sa mère du problème auquel faisait face sa copine, Lucie annonça à Valérie qu'elle pouvait venir loger chez elle. Loger chez elle signifiait partager la place avec Lucie, son cor d'harmonie, ses piles de partitions et son obsession pour les garçons, mais tout cela semblait être du gâteau à côté de tante Céline.

La mère de Valérie refusa catégoriquement cette suggestion. En y repensant par la suite, une fois au lit, Valérie comprit que la réponse négative de sa mère devait se justifier par le fait que les parents de Lucie étaient très souvent ivres.

Malgré tous ses efforts, donc, ses réflexions, ses solutions de rechange, elle se retrouva à la gare routière. Son départ n'avait rien de réjouissant. Elle leur en voulait à mort de l'expédier ainsi et eux étaient déçus de sa réaction négative. Et pour couronner le tout ils étaient apparemment déterminés à gâcher les quelques minutes qu'il leur restait en l'assaillant de recommandations ridicules :

— Si tu vas aux toilettes, n'oublie pas de prendre ton sac à main.

— Sois gentille avec ta tante Céline.

— N'oublie pas de participer aux tâches ménagères.

— S'il y a du foie, ne dis pas que tu n'aimes pas ça.

— N'invite pas trop souvent tes amis à la maison. Souviens-toi que tu es toi-même une invitée. (Comme si je risquais d'avoir des amis à inviter, songea Valérie.)

Lorsqu'ils arrivèrent à la recommandation suprême et tellement humiliante vu son âge : « N'oublie pas de te brosser les dents le matin *et* le soir », Valérie leur dit qu'elle ferait mieux d'embarquer avant que l'autocar ne parte sans elle.

Au moment des adieux finals, Valérie se sentit de plus en plus mal à l'aise. Elle ne voulait pas s'en aller et eux n'étaient pas enchantés de la voir partir. Et pourtant, ils l'expédiaient comme un colis gênant, et une partie d'elle-même refusait de leur laisser voir combien elle en était meurtrie. Finalement, elle laissa son père la serrer dans ses bras. Après tout, il n'y était pour rien si sa compagnie l'envoyait par monts et par vaux. Quant à sa mère, elle accepta d'elle un baiser rapide sur la joue. Si elle l'avait vraiment désiré, sa mère aurait pu réussir à convaincre son mari qu'elle reste à la maison avec leur fille, mais elle n'avait même pas essayé.

Le voyage fut plutôt agréable. Vers la fin du trajet, cependant, elle commença à redouter sa rencontre avec oncle Frank et tante Céline. Ils allaient probablement l'attendre avec une fanfare et une bannière ou autre chose de tout aussi farfelu et embarrassant. Elle devait s'attendre en tout cas à ce qu'ils l'étouffent d'étreintes.

Ce qui arriva en réalité fut l'unique horrible éventualité que Valérie n'avait pas envisagée : il n'y avait personne pour l'accueillir. Au bout d'un quart d'heure, tous les passagers de son autocar étaient partis et elle se sentit terriblement seule.

Ils ne vont sûrement pas tarder, se rassura-t-elle. Elle s'assit et se mit à feuilleter les deux magazines qu'elle avait emmenés avec elle. Après avoir regardé trois fois la mode et les coiffures et même lu deux fois les annonces publicitaires, elle consulta sa montre et vit qu'elle avait attendu une heure. Il y avait donc quelque chose d'anormal. C'était peut-être une manière subtile pour sa tante Céline de lui faire comprendre qu'elle ne voulait pas d'elle. Si elle lui téléphonait, elle répondrait peut-être : « Valérie ? Je ne connais pas de Valérie. » Et pourtant, il semblait bien que leur téléphoner fût la seule chose qui lui resta à faire. Elle chercha donc dans son sac le bout de papier sur lequel était noté leur numéro, se rendit au téléphone public et le composa. Elle laissa sonner cinq fois et s'apprêtait à raccrocher lorsqu'une tante Céline tout essoufflée répondit.

— Bonjour, tante Céline. C'est moi, Valérie.

— Valérie, ma biche! Comment vas-tu?

— Bien, merci.

— Figure-toi que je parlais justement de toi ce matin avec Frank. Je lui disais que j'avais bien hâte de te voir, que ça allait être très plaisant de t'avoir chez nous. C'est vendredi que tu arrives, n'est-ce pas?

— Non, tante Céline, je suis déjà arrivée.

— Déjà arrivée? Je ne te comprends pas.

— Je suis à la gare routière.

— À Port-Louis?

— Oui.

— Tes parents sont-ils au courant?

— Oui, bien sûr, ils m'ont accompagnée à l'autocar ce matin.

— Tu veux dire que tu devais arriver aujourd'hui?

— Je crois, oui. En tout cas, on a cru comprendre que j'étais supposée venir aujourd'hui.

— Attends-moi un instant. Je vais aller vérifier.

Valérie entendit un bruit de papiers froissés et un grand éclat de rire.

— Mais oui, tu as raison. J'ai retrouvé la lettre de ta mère, et là, au troisième paragraphe, elle a écrit le 2 janvier. Je ne sais pas pourquoi mais j'avais dans l'idée que tu arrivais vendredi. Où diable ai-je pêché ça?

— Je peux repartir et revenir vendredi, si tu veux.

— Jamais de la vie. Nous sommes en train de repeindre la buanderie. Laisse-moi le temps de me débar-

26

bouiller et de me changer et j'arrive. Attends-moi
dehors, à l'entrée. Ne monte pas en voiture avec un
inconnu, surtout.

— Je n'en aurais pas eu l'idée.

— Non, évidemment. Bon, alors, à tantôt.

Valérie n'eut à attendre qu'un quart d'heure avant de
voir arriver la vieille familiale cabossée de sa tante.
Apparemment, celle-ci avait changé d'avis et avait
décidé de ne pas se changer car elle était vêtue d'un
jean barbouillé de peinture et d'une vieille chemise de
travail. Ses cheveux coupés encore plus courts que
d'habitude étaient presque en brosse.

— Monte, Valérie. Pose tes sacs sur la banquette
arrière.

— Ça me fait plaisir de te revoir, tante Céline.

— À moi aussi. Tu as l'air tellement élégante et
adulte dans ce tailleur.

— Maman me l'a acheté pour le voyage.

— Je crois bien que tu n'auras pas tellement l'occasion de le porter ici. J'ai eu toutes les peines du monde
à faire porter une jupe à Laurence pour l'enterrement
de l'oncle Albert.

— Comment va-t-elle?

— Ne me le demande pas à moi. Je suis toujours la
dernière à avoir de ses nouvelles. Depuis quelque
temps, elle porte une alliance. J'ai cru qu'elle s'était
mariée et avait oublié de nous l'apprendre, puis je me
suis dit que si elle était mariée, elle aurait quitté la maison. La semaine dernière, j'ai surpris une de ses copines en train de lui demander si ça lui plaisait de
fréquenter sérieusement; j'en ai donc conclu qu'elle
sortait avec un garçon, ce qui expliquerait l'alliance à
son doigt.

— Tu ne connais pas le garçon avec qui elle sort?

— J'ai remarqué que la bande de Laurence se limite maintenant à un gars dégingandé. Un certain Joël, je crois.

— Laurence doit être très occupée, j'imagine.

— On ne la voit presque jamais. Et en plus, maintenant, elle a un emploi chez un nettoyeur après la classe.

— Est-ce que ce travail lui plaît?

— C'est surtout l'argent qu'elle gagne qui lui plaît. Elle déteste avoir à vider les poches de gens qu'elle ne connaît pas.

— Alors pourquoi le fait-elle?

— Parce qu'ils doivent vérifier les vêtements avant de les mettre dans la machine. Tu ne voudrais pas qu'ils nettoient un blouson dans lequel il y aurait une barre de chocolat.

— Je comprends.

— Elle pourra peut-être t'obtenir un emploi avec elle. Ça te ferait un peu d'argent en plus.

— Je ne sais pas si je le pourrai, je n'ai jamais travaillé.

— Je doute fort qu'ils demandent des références. Bon, nous y voilà.

La maison de tante Céline était à la fois mieux et pire que celle de Valérie. Elle était mieux en ce qu'elle était beaucoup plus grande et était dotée de deux immenses jardins, un en avant et un en arrière de la maison. Elle était pire en ce qu'elle était plutôt délabrée ; la peinture extérieure laissait à désirer et le perron en bois s'affaissait dangereusement. Valérie se souvenait très bien lorsque sa tante leur avait écrit pour leur annoncer qu'elle et Frank avaient acheté une superbe vieille maison qui avait besoin de quelques rénovations qu'ils devaient, pensaient-ils, effectuer en un an environ. Il y avait de cela cinq ans, et lorsque Valérie s'approcha de la maison, elle trouva qu'elle était en pire état que les deux autres fois où elle y était venue. Il faut dire, cependant, que vu l'état d'esprit dans lequel elle était à ce moment-là, elle aurait trouvé des défauts au Taj Mahal lui-même.

— Attends, je vais t'aider avec tes sacs, lui offrit tante Céline. Nous avions pensé te mettre avec Laurence, mais je crois que tu préférerais avoir un peu d'intimité. Nous avons donc monté quelques meubles dans le grenier. C'est un peu rustique mais je crois que tu t'y plairas.

Elles entrèrent par la porte de derrière, traversèrent la cuisine puis le vestibule et montèrent un étroit escalier de bois.

— Fais attention ici, l'avertit tante Céline. La troisième marche manque. Je voulais la réparer avant ton arrivée mais tu m'as prise de vitesse. Souviens-toi lorsque tu descends la nuit, c'est la troisième à partir du bas.

Valérie devait cependant reconnaître une qualité à ce grenier : c'était la plus grande pièce où elle ait jamais dormi et où elle dormirait probablement jamais. Même après avoir traversé un grand espace encombré de boîtes de carton, de vieilles lampes, d'une chaise à trois pieds et de piles de vieilles revues ficelées ensemble, il restait encore la moitié de la pièce libre pour lui servir de chambre. Le vieux lit en fer, la coiffeuse, la commode, le bureau et le vieux fauteuil que tante Céline avait placé près de la lucarne prenaient à peine le quart de l'espace libre.

— Est-ce tout ce que tu as amené avec toi? s'informa tante Céline.

— Non, papa a envoyé une malle par une compagnie de transport. Elle devrait arriver d'ici à la fin de la semaine.

— Bon, alors range ce que tu as là. Installe-toi à ton aise. Quand tu auras terminé, tu n'auras qu'à descendre manger une collation. Si tu as des vieux vêtements, mets-les, comme ça tu pourras nous aider à finir la peinture.

— D'accord.

Tante Céline était à mi-chemin dans l'escalier lorsqu'elle cria :

— Et ne t'inquiète pas pour les chauves-souris, surtout !

Valérie n'osa pas demander si elle n'avait pas à s'en inquiéter parce qu'il n'y en avait pas ou parce qu'il y en avait tellement que ça ne servirait à rien de s'en inquiéter.

Elle se mit à défaire ses bagages puis elle y renonça, se jeta sur le lit et versa en silence pendant une demi-heure des larmes de désespoir.

CHAPITRE TROIS

Depuis qu'elle avait appris son départ, Valérie avait appréhendé de venir à Port-Louis. Elle avait surtout eu peur de l'inconnu, de vivre dans une place qu'elle ne connaissait pas avec des étrangers, ou plutôt de n'être plus dans un endroit familier avec des gens qu'elle connaissait, qu'elle les aime ou non.

Après avoir passé deux semaines chez sa tante, cette peur de l'inconnu avait disparu. Valérie se réveillait désormais chaque matin avec la peur du connu, c'est-à-dire tout ce qui constituait la vie quotidienne chez les Monnet, qui était exactement à l'opposé de la vie de tous les jours chez elle.

Dès le lever, c'était l'anarchie complète dans cette maison. Valérie était habituée à ce que sa mère se lève tôt et prépare le déjeuner pendant que son mari et sa fille passaient à tour de rôle à la salle de bains. Chez les Monnet, tout le monde attendait la toute dernière minute pour se lever, et ils se retrouvaient donc à la salle de bains tous en même temps. Pour avoir son tour, il suffisait de cogner à la porte et de harceler la personne qui se trouvait à l'intérieur jusqu'à ce qu'elle finisse par vous céder la place. Les trois premiers jours, puisque Valérie se voyait mal bousculer son oncle, comme le faisaient Laurence et tante Céline, en lui demandant s'il s'était endormi dans la baignoire, elle se retrouva à se débarbouiller dans l'évier de la cuisine. Elle calcula ensuite qu'en se levant quinze minutes plus tôt, elle pouvait éviter la bousculade, retourner dans sa chambre un moment et leur laisser le champ de bataille libre.

Le déjeuner n'était pas un repas distinct des autres mais bien la réplique du souper. Tout un chacun fouillait dans le frigidaire et choisissait les restes de la veille qu'ils trouvaient appétissants, et ce qu'ils trouvaient appétissants à sept heures trente du matin ne cessait d'étonner Valérie. Elle avait toujours l'estomac quelque peu retourné de voir son oncle Frank dévorer un bol de choucroute garnie tandis que Laurence savourait un reste de chou-fleur au gratin. Par conséquent, le plus poliment possible, elle refusa le rôti froid ou les choux de Bruxelles qu'ils lui offraient et resta fidèle à la traditionnelle tranche de pain tartinée de confiture, qu'elle avait l'intention de transformer en rôtie tartinée de confiture dès que le grille-pain serait réparé (ce qui ne devrait tarder, lui avait affirmé tante Céline).

Après ce repas pris debout, son oncle et sa tante disparaissaient en coup de vent, et Valérie et Laurence se rendaient ensemble à l'école à pied car la polyvalente de Port-Louis ne se trouvait qu'à cinq rues de la maison.

Laurence était conforme au souvenir que Valérie avait d'elle. Elle était toujours aussi odieuse. Elle était rentrée chez elle environ une heure après l'arrivée de Valérie et avait réussi, au bout de dix minutes, à faire regretter pour la seconde fois cette journée-là à Valérie d'avoir laissé sa mère lui acheter le tailleur pratique qu'elle portait pour le voyage.

— Je t'ai à peine reconnue, Valérie, habillée de la sorte. Est-ce que c'est ce qu'on porte cette année à Morency ?

Tout à fait le genre de flèche digne de Justine Adam.

— Non, pas vraiment. C'est ma mère qui me l'a

acheté. Elle trouve que l'on devrait toujours bien s'habiller quand on voyage.

Valérie n'était pas très fière d'elle d'avoir fait de sa mère le bouc émissaire mais elle n'avait pas trouvé d'autre réplique.

— Alors, comment ça va à Morency? J'ai rencontré un gars qui venait de là-bas à un match de basket-ball l'automne passé et il a dit que les jeunes dans ton école étaient pas mal fous. Il s'appelle Stéphane Bergevin. Est-ce que tu le connais?

— Non, je ne crois pas. Je ne connais pas beaucoup de garçons de secondaire V. Il parlait sans doute des finissants parce que les secondaire IV, à ce que je sais, sont plutôt tranquilles.

Elle ne jugea pas utile de préciser que la seule élève de secondaire IV qu'elle connaissait était Lucie, qui était effectivement aussi tranquille qu'en sixième année.

— C'est la même chose ici. C'est d'un ennui mortel. J'ai bien hâte à l'an prochain pour aller au cégep. Là, ce sera différent. Il y aura de l'action.

— À quel cégep vas-tu aller?

— Je ne sais pas encore.

— N'aurais-tu pas dû déjà envoyer tes demandes d'admission pour y entrer à l'automne?

— Certain. J'en connais même qui ont déjà été acceptés. J'ai envie d'attendre un peu. Je vais même peut-être prendre une année sabbatique et travailler.

— Mais je croyais que tu mourais d'envie de partir d'ici.

— Ouais… En tout cas, c'est super de t'avoir ici, Valérie. Je te ferai sortir avec moi et je te présenterai à mes copains et à mes copines. Peut-être la semaine prochaine. Je suis vraiment épuisée ces derniers temps, avec le travail et la pièce de théâtre de Noël. Maman, pourrais-tu me faire un sandwich pendant que je me change? Je dois être chez Mimi dans une demi-heure. Les gars doivent venir nous chercher pour faire un tour en traîneau. Peut-être à tantôt, Valérie, si tu n'es pas couchée à mon retour. C'est vraiment super que tu sois ici. Mais je me répète, non? Tu vois, j'ai le cerveau bien fatigué.

Laurence ne tint pas sa promesse de faire sortir Valérie avec elle. Et Valérie ne pouvait pas l'en blâmer. Laurence appartenait à la bande de finissants branchés de l'école et Valérie comprenait très bien qu'ils aient pu ne pas être particulièrement ravis d'avoir à traîner la cousine de Morency, plus jeune qu'eux et pas du tout dans le coup.

Dans l'ensemble, ce qu'elle pouvait attendre de mieux pendant les prochains mois, c'était qu'on l'ignore. À l'école, en tout cas, son souhait était exaucé. Chez elle, à Morency, un nouvel élève était tout un événement. Presque tous les jeunes de l'école secondaire se connaissaient depuis la maternelle, et tout nouveau venu était inspecté sous toutes les coutures. On parlait de lui et on se moquait de lui si, par malheur, il s'habillait, parlait ou se conduisait un rien différemment des adolescents de Morency. Au moins, Port-Louis n'était pas aussi ridicule de ce côté-là. Probablement à cause de l'usine, supposa Valérie. C'était cette usine qui avait conduit oncle Frank et de nombreux autres habitants à Port-Louis, et il y avait un continuel va-et-vient des employés, ce qui expliquait que l'arrivée de nouveaux élèves ou le départ d'anciens passât inaperçu.

Quelques jeunes lui avaient adressé la parole la première journée des classes après les vacances de Noël.

Après quoi, plus personne ne fit attention à elle, ce qui, au début, fut un soulagement. Elle n'avait pas besoin d'affronter les regards insistants ni de faire les frais des chuchoteries. Sans que personne ne la dérange, elle suivait son train-train quotidien, d'un cours à l'autre.

Dans sa ville natale, elle avait pris l'habitude de ne pas être remarquée et de n'avoir pour copines que des filles qui ne participaient pas plus qu'elle à la vie sociale de leur école. Au début, elle ne comprit pas pourquoi la solitude la dérangeait beaucoup plus à Port-Louis. Après deux semaines d'école, elle comprit que, secrètement, elle avait souhaité que les choses soient différentes ici.

Elle s'efforça de trouver des moyens pour sympathiser avec certains jeunes qui l'intéressaient. Le problème majeur, cependant, c'est qu'elle était incapable de trouver une seule raison qui eût pu les inciter à s'intéresser à elle.

Bien pire encore était la situation à la maison. Une semaine après l'arrivée de Valérie, tante Céline se lança dans un programme intensif destiné à métamorphoser Valérie. La première étape touchait à son habillement.

— As-tu une minute ? fut la manière par laquelle sa tante aborda Valérie, un jour, comme elle rentrait de l'école.

— Oui, bien sûr.

— J'ai réfléchi sur la manière dont tu t'habilles.

— Tu n'aimes pas mes vêtements.

— C'est-à-dire qu'ils me semblent de bonne qualité et pratiques, toujours bien lavés, bien repassés. Mais je trouve qu'ils font un peu trop... disons, femme d'âge mur. Une jolie jeune fille de seize ans comme toi devrait porter des couleurs plus vives. Ce que tu portes maintenant, par exemple, jupe brune, chemisier gris et chandail noir, je verrais ça sur quelqu'un de plus âgé, de plus sérieux. Sur une professeure d'université spécialisée en égyptologie qui passerait ses samedis à faire des conférences sur la découverte d'un nouveau sarcophage.

— Ah.

— Ne prends pas cela comme une critique. Je veux simplement t'aider.

— Je comprends.

Le plan d'action consista donc à demander à Laurence d'essayer de pistonner Valérie chez le nettoyeur pour y travailler le samedi. Ensuite, dans un ou deux mois, lorsque Valérie aurait mis suffisamment d'argent de côté, elle accompagnerait sa tante et sa cousine dans une de leurs tournées de magasinage à Montréal.

En fait, cette partie du plan de tante Céline plaisait assez à Valérie. Ça ne la dérangeait pas de travailler. Elle n'avait de toute manière rien de plus intéressant à faire le samedi. Et ça lui aurait bien plu de s'acheter de nouveaux vêtements, des vêtements qu'elle choisirait elle-même. Elle ne s'était même pas choquée que sa tante ait trouvé son habillement trop triste car, lorsqu'elle y réfléchissait elle-même — ce qu'elle ne faisait pas trop souvent —, elle était du même avis. La majorité de ses vêtements avaient été confectionnés ou achetés par sa mère et Valérie avait accepté cet état de choses et abandonné l'idée de pouvoir s'habiller un jour à son goût. Elle avait même réussi à se convaincre que cela n'avait aucune importance. À présent que tante Céline allait la laisser s'acheter des vêtements à son goût, Valérie se mit à acheter régulièrement des magazines de mode et à observer attentivement ce que portaient les filles dans le vent.

La deuxième étape du plan de métamorphose mis sur pied par tante Céline était la plus embêtante. Elle touchait aux loisirs. De l'avis de sa tante, Valérie n'avait pas assez de distractions. Elle fut donc forcée de passer ses mardis soir avec sa tante à son cours de céramique. Valérie n'eut pas le courage de lui dire qu'elle détestait ce genre d'occupation. Sa tante crut donc que cette activité faisait le bonheur de sa nièce et elle l'enrôla, non sans difficultés, dans son cours de karaté du jeudi soir.

Valérie aurait sans doute pu lui dire que ça ne l'amusait pas du tout de passer trois heures dans un gymnase à faire des feintes à des femmes qui se prenaient pour Bruce Lee. Mais elle craignait que, si elle repoussait les projets de sa tante, les Monnet ne trouvent Valérie encore plus ennuyeuse et plus coincée que ce que, de toute évidence, ils la trouvaient déjà. Pourquoi se préoccupait-elle tant de ce que les Monnet pensaient d'elle? Elle n'en savait trop rien.

D'ailleurs, leur enthousiasme n'était pas particulièrement contagieux puisqu'elle ne l'avait pas encore attrapé. Leurs excentricités étaient le fruit d'une certaine insouciance, d'un appétit de vivre débordant, et si vous vous dérobiez, que ce fût par inadvertance ou par simple bon sens, vous pouviez passer pour une rabat-joie.

La semaine dernière justement, en rangeant la penderie de l'entrée, oncle Frank avait découvert que leurs sacs de couchage étaient «garantis suffisamment chauds pour des températures polaires». Tante Céline considéra que cette affirmation méritait une mise à l'épreuve immédiate. Le soir même, donc, après avoir refusé le sac de couchage qu'ils avaient en plus et que lui avait offert son oncle, Valérie resta seule dans la maison alors que les trois autres couchèrent sur le patio enneigé. Allongée dans le grenier, elle les entendit fredonner des chansons tout en faisant griller des guimauves sur le gril. Elle avait dû les décevoir, elle en était consciente. Et au lieu de les trouver complètement fous de passer la nuit dehors par une température de zéro degré Celsius, ou moins, elle fut elle aussi un peu déçue d'elle-même. Elle ne savait pas trop pourquoi, et cette sensation était déroutante.

Ils n'avaient jamais l'intention de la mettre mal à l'aise. Elle le savait bien. Au contraire, ils auraient difficilement pu être plus gentils avec elle. Ils essayaient toujours de la faire participer et, lorsqu'elle refusait, ils n'insistaient pas. Ce qui la dérangeait, supposa-t-elle, c'était leur réaction, leur air triste, résigné, comme si, lorsqu'il s'agissait de s'amuser, elle était un cas vraiment désespéré.

Pire encore que l'intérêt pressant que lui portait sa tante, était l'intérêt forcé que lui portait sa cousine. Ses parents avaient si souvent recommandé à Valérie « d'être aimable avec Un tel ou Une telle » qu'elle comprit très vite que Laurence suivait les instructions qui lui avaient été données, à savoir d'être aimable avec Valérie.

En dehors du souper et de leur trajet jusqu'à l'école, leurs rapports se résumaient donc à ces quelques moments par semaine pendant lesquels, en prenant soin d'être à portée de voix de ses parents, Laurence passait environ cinq minutes à « être aimable » avec Valérie.

— Comment ça va, Valérie? était toujours son entrée en matière.

Cette fois-ci, par exemple, Valérie était à la cuisine occupée à cirer ses chaussures et Laurence faisait un de ses arrêts obligatoires de cinq minutes entre ses nombreuses activités.

— Ça va.

— Je vois que tu as un bouquin de Baudelaire. Tu dois avoir la Dubreuil en français. C'est une fana de Baudelaire. Je parie que vous n'allez étudier que lui jusqu'à la fin de l'année.

— Ça ne me dérange pas ; je l'aime bien.

— Dans ce cas, c'est parfait. Moi je trouve ça rasant la poésie. Je trouve qu'ils tournent trop autour du pot ; je préférerais qu'ils disent ce qu'ils ont à dire une bonne fois pour toutes et en termes clairs.

— Tu apprécierais peut-être plus les poètes modernes. Je pourrais te prêter certains de leurs ouvrages, si tu veux.

— Comme si j'avais le temps de lire pour le plaisir avec tous les travaux qu'on nous donne à l'école. J'imagine que tu lis beaucoup, dit Laurence sur le ton que l'on utiliserait pour dire « J'imagine que tu portes tes souliers sur tes oreilles ».

— Oui, j'ai le temps de le faire. Les cours ici ne sont pas aussi chargés qu'à Morency, en secondaire IV en tout cas, mais d'après ce que tu me dis, en secondaire V, ça a l'air plus occupé.

— Le problème, c'est surtout que je n'ai pas de temps pour l'école. On n'en sort pas avant trois heures et demie. Le mardi et le jeudi, je travaille chez le nettoyeur jusqu'à sept heures. Le trimestre dernier, j'avais des répétitions pour la pièce de théâtre trois soirs par semaine, et il semble bien que je vais obtenir un rôle dans la prochaine. Où trouverais-je le temps de faire mes devoirs? Et les week-ends, alors là, on n'a franchement pas le temps. Si on a la moindre vie sociale, je veux dire. Enfin, tu peux t'imaginer ce que c'est.

— Oui, je peux m'imaginer.

— Est-ce que ça te tenterait de sortir à quatre un de

ces jours?

— Avec qui?

— Avec Joël et moi. Il pourrait te trouver un de ses copains, un des joueurs de l'équipe de basket-ball.

— Non, ce n'est pas utile. Merci quand même.

Valérie ne put s'empêcher de remarquer le soupir de soulagement que poussa sa cousine.

— Sors-tu beaucoup avec les garçons? Pas ici, bien sûr, je sais que tu n'en as pas tellement eu l'occasion, mais chez toi?

— Mes parents ne m'ont pas encore donné la permission de sortir, répondit Valérie, se servant une fois de plus de ce mensonge bien commode.

— Ça alors! Je savais qu'ils étaient sévères mais pas à ce point-là. Tu as seize ans tout de même. Ici, tu n'auras pas de problèmes. Maman veut bien que l'on sorte pourvu que ce ne soit pas en motocyclette.

Laurence baissa la voix pour que sa mère, qui faisait des exercices dans la pièce d'à côté, ne l'entende pas.

— C'est la seule chose qui ne lui plaise pas. Elle trouve que, dès l'instant où on monte sur une moto, on court à notre perte. Alors, si c'est ton genre, tu ferais mieux de demander aux gars de te déposer au coin de la rue.

— Je ne m'intéresse pas aux motos.

— Autre chose. Elle adore que j'amène plein de copains et de copines dans la salle familiale pour écouter de la musique et jaser. Alors, je suis certaine que ça ne la dérangerait pas que tu en amènes aussi. On pourra lui en parler, si tu veux.

— C'est correct, j'attendrai que l'occasion se présente. Pour le moment, je n'ai personne à inviter.

— Bon, il faut que je file. Je dois retrouver Joël après sa pratique de basket-ball.

— Je l'ai rencontré par hasard dans le vestibule l'autre soir quand il est venu te chercher. Il est mignon.

— Tu trouves?

— Oh oui.

— Il est pas mal. Bon, je ferais mieux de te laisser à tes bouquins. Quand tu auras fini tes devoirs, tu pourrais faire les miens?

— Pas de problème, répondit Valérie, et elle accompagna sa réponse d'un rire pour indiquer qu'elle savait qu'il ne s'agissait là que d'une taquinerie.

Au fond d'elle-même, cependant, elle savait que ce n'en était pas une. On taquine quelqu'un que l'on aime bien et que l'on considère comme notre égal. Ce n'était pas non plus une remarque méchante, de celles que l'on fait à quelqu'un que l'on déteste et que l'on juge être une menace pour soi. Ce que c'était en réalité — et cela résumait assez bien la manière qu'avait Laurence de s'adresser à Valérie — c'était une façon machinale et désinvolte de congédier quelqu'un que l'on considérait comme quantité négligeable.

Après deux semaines passées à Port-Louis, Valérie dut se rendre à cette bien triste évidence. Pour oncle Frank, elle était la nouvelle venue très polie qui disait «Pourrais-tu me passer le sel, s'il te plaît?». Pour tante Céline, elle était un morceau d'argile qu'il pouvait être amusant de façonner. Pour Laurence, elle était la cousine avec qui elle devait «être aimable» à ses moments perdus. Pour les jeunes à l'école, elle n'existait pas, tout simplement.

À Morency, avec ses parents, Lucie et ses autres copines, elle avait réussi à se leurrer. Son séjour ici démontrait clairement qu'en seize années d'existence, elle n'avait réussi à devenir rien d'autre qu'une fille sans importance. Elle ne s'était jamais sentie aussi seule. Auparavant, elle avait au moins la chance de supporter d'être seule. Dernièrement, cependant, lorsqu'elle était seule avec elle-même, elle n'appréciait pas beaucoup cette compagnie.

Elle faisait face à un problème insoluble. Elle eut l'idée de devenir une de ces filles importantes. Elle s'imagina la nouvelle Valérie ainsi : les garçons les plus séduisants de l'école l'invitaient à sortir, à faire un tour dans leur nouvelle voiture ou à jouer avec eux au volley-ball le samedi après-midi, et ils chahutaient avec elle près des casiers car elle était drôle et d'une agréable compagnie. Comme de bien entendu, les autres filles l'enviaient sans toutefois être méchantes avec elle car elle était l'amie de toutes et elles s'adressaient à elle pour avoir des conseils en matière d'habillement et de rapports avec les garçons.

Le hic, cependant, c'est qu'elle n'avait pas la moindre idée de ce qu'elle devait faire pour devenir ce genre de fille. Elle ne savait même pas par où commencer. Elle finit par décider que la première étape était d'aller à la pharmacie s'acheter un tube de brillant à lèvres pêche nacré et un petit flacon d'eau de toilette « Irrésistible », apparemment les deux produits de beauté les plus infaillibles vantés dans les magazines ce mois-ci. Après les avoir utilisés dans sa chambre ce soir-là, elle n'eut cependant aucune idée de ce qu'elle devait faire par la suite.

Jusqu'à présent, ses inquiétudes portaient surtout sur les sept longs mois qui l'attendaient. En cet instant précis, alors qu'elle était assise sur son lit, elle eut l'impression que sa vie entière allait être une interminable et pénible expérience.

CHAPITRE QUATRE

Il était près de minuit, le mardi soir. Valérie croyait tout le monde couché. Assise sur son lit, un miroir posé sur les genoux, elle essayait de modeler ses pommettes avec du fard à joues comme l'indiquait le magazine ouvert devant elle. Lorsqu'elle distingua le bruit sourd de quelqu'un qui venait d'enjamber la marche manquante, il était trop tard pour qu'elle range tout, éteigne la lumière et fasse semblant de dormir. Elle était paralysée d'horreur à l'idée d'être surprise au beau milieu de cette occupation ridicule. Elle resta assise, immobile, et espéra que ce ne fût pas sa tante. C'était Laurence.

— Bonsoir, dit-elle du haut de l'escalier du grenier. Tu sais qu'avec ce grand espace vide et sombre et toi à l'autre bout de la pièce, on se croirait dans un décor de théâtre.

— Je n'y avais jamais pensé, répondit Valérie en espérant que sa voix n'ait pas trahi sa nervosité et en priant en silence pour que sa cousine ne s'approche pas trop d'elle.

— Ça ne te donne jamais la chair de poule ici?

— Au début, oui, mais plus maintenant.

— Hé, je suis drôlement contente que tu ne sois pas encore couchée. J'essayais de ne pas faire trop de bruit au cas où tu aurais été endormie. Figure-toi que j'ai un travail de français à rendre demain et je l'ai raté tellement de fois que je n'ai plus une seule feuille blanche. Alors je me suis dit que tu pourrais peut-être m'en prêter quelques-unes.

— Certain. J'en ai un paquet tout neuf. Je vais aller te le chercher, dit Valérie, espérant ainsi garder Laurence à distance.

Mais celle-ci avait déjà traversé le grenier.

— Ouf, tu me sauves la vie. Je peux aller le prendre moi-même si tu me dis où il est.

Elle s'arrêta net au milieu de la pièce.

— Te maquilles-tu toujours avant de te coucher?

— Non, je ne faisais que… disons, me pratiquer.

— Je ne savais pas que tu te maquillais.

— Je ne le fais pas. Comme je te l'ai dit, à date, je ne fais que me pratiquer.

— Te pratiquer à quoi au juste? demanda Laurence, et Valérie ne sut si sa cousine posait la question par curiosité sincère ou par moquerie.

— À appliquer le maquillage comme il faut. J'ai lu cet article — un article ridicule d'ailleurs — qui explique comment modeler ses pommettes. Je fais ça juste pour m'amuser, tu sais, pour passer le temps. Ça doit te paraître niaiseux.

— Non. Enfin, un petit peu, peut-être, pas le fait que tu te pratiques, mais que tu ne gardes pas ton maquillage une fois que tu l'as mis. Quoique, même ça, ça ne me surprend pas. Je me suis déjà fait faire trois coiffures qui sont passées du coiffeur directement sous la douche. Quand j'étais en secondaire III, un crétin m'a dit que j'avais une démarche bizarre. Alors, pendant plusieurs semaines, je me suis pratiquée à marcher devant mon miroir. À peu près à la même époque, j'ai décidé de changer mon écriture, de lui ajouter une petite touche personnelle. J'ai commencé à mettre un coeur à la place des points sur les i et les j. Ma mère m'a dit un jour qu'elle n'avait jamais rien vu de plus

44

ridicule. Je t'assure que son jugement a eu vite fait de m'enlever ma lubie. Je présume qu'on tente tous des expériences. Je le fais moins qu'avant, c'est sûr, mais je doute fort que l'on arrive à être suffisamment satisfait de soi-même pour ne plus avoir le goût d'essayer des affaires. Tiens, papa, par exemple. L'an passé, il s'est fait pousser la moustache la plus laide qui soit et ce n'est qu'à force de se faire dire qu'il avait tout du détective de seconde catégorie qu'il a fini par se la raser.

— Je vais bientôt porter du maquillage pour sortir, dit Valérie. Je me dis que ce serait l'occasion d'essayer tant que je suis ici. Je crois que ta mère n'y verrait pas d'inconvénient. C'était justement le problème chez moi ; ma mère aurait poussé les hauts cris si elle m'avait vue maquillée.

— Même si l'on portait des crocs de Dracula, je crois que ma mère n'y verrait pas d'inconvénient. La seule chose qui la dérange, ce sont les oreilles percées ; elle trouve que ça fait primitif. Imagine-toi que je me suis teint les cheveux en blond platine un jour et qu'elle n'a même pas réagi. J'aurais bien voulu qu'elle le fasse pourtant.

— Pourquoi ?

— Comme ça, j'aurais pu me débarrasser de ma coiffure en prétextant que ma mère m'a fait un scandale. Alors que là, il a fallu que je supporte pendant un mois d'avoir une tête risible parce que j'étais trop orgueilleuse pour reconnaître que j'avais commis une grossière erreur.

— Et après un mois, qu'est-ce que tu as fait ?

— J'ai dit à tout le monde que c'était beaucoup trop d'entretien et j'ai fait reteindre mes cheveux à ma couleur naturelle.

— Ils sont tellement beaux. Pourquoi as-tu voulu les teindre?

— J'avais vu un vieux film qui m'avait donné le goût de ressembler à Marilyn Monroe. Crois-moi, c'était plutôt raté.

— Je ne devrais peut-être pas me maquiller, alors?

— Mais si. Ce fard à joues a l'air bon; il fait très naturel.

— J'ai plein d'autres trucs dans cette boîte.

— Est-ce que je peux regarder?

— Certain.

— En effet, tu en as beaucoup. Il doit y en avoir pour au moins cinquante dollars. Et rien de tout cela ne t'a jamais servi pour sortir? Je trouve que tu devrais le mettre ne serait-ce que pour rentrer dans ton argent. Ça me surprend, tu sais. Je ne te croyais pas capable de faire quelque chose qui ne soit pas sérieux.

— Que veux-tu dire?

Laurence approcha une chaise du lit et s'y assit.

— Je ne sais pas. On a du mal à t'imaginer faire quelque chose de niaiseux. Tu as l'air de faire partie de ces gens qui ont sur la vie des pensées profondes.

— Qui peut avoir constamment des pensées profondes?

— Ce que je veux dire, c'est que même si tu devais penser à des choses sans importance, tu réfléchirais à leur côté pratique. Si tu devais t'acheter un chandail, par exemple, tu ne le choisirais pas parce que le modèle est chouette mais tu calculerais plutôt quel usage il va te faire, tu comprends?

— Ça alors, c'est encore pire que je ne pensais.

— Qu'est-ce qui est pire?

— Est-ce que je donne l'air d'être si sérieuse que ça?

— Je ne dirais pas sérieuse, je dirais raisonnable.

— C'est encore pire.

— Tu sais, il y a des moments où je donnerais n'importe quoi pour être comme toi. Raisonnable, bien organisée, indépendante. Je suis tellement brouillonne, si tu savais. J'attends toujours d'en arriver à ma dernière paire de chaussettes propres pour me souvenir de mettre mon linge sale dans le panier. Et je me retrouve toujours avec des points en moins parce que je rends en retard des travaux que je ne me rappelais même pas devoir faire. Et je n'ai pas l'impression d'avoir grand-chose d'intéressant en moi. J'ai toujours besoin d'être entourée d'un tas de monde et d'avoir plein d'activités, sinon je m'ennuie tout de suite. Je t'envie drôlement, tu sais, d'aimer être seule comme tu l'es si souvent, de savoir quoi faire sans compter sur les autres. Je crois que tu as une vie intérieure tellement riche que tu peux te permettre de prendre de grands airs. Moi, si je devais renvoyer tout le monde au diable, je serais dans le pétrin. Deux semaines de solitude et je serais morte d'ennui.

— Tu n'as jamais pensé que mon attitude pouvait ne pas être voulue, qu'elle venait simplement du fait que je suis une nullité en matière de vie sociale?

La trouvant peu confortable, Laurence se leva de sa chaise, elle prit un oreiller et s'installa contre le pied du lit, les jambes allongées, en face de Valérie qu'elle questionna :

— Te prends-tu vraiment pour une nullité?

— La plupart du temps, oui.

— Tiens, j'aurais cru le contraire.

— Ah bon?

— Mais tu sais, je juge tellement les gens sur les apparences que je me trompe presque à chaque fois.

— Et l'apparence que je donne, c'est que je suis tellement extraordinaire que je n'ai besoin de personne, que je me suffis à moi-même.

— Non, pas tout à fait. J'ai simplement eu l'impression que ça ne te dérangeait pas de ne pas être au coeur de l'action. Tout compte fait, y être ce n'est pas plus agréable que cela.

— Au contraire, ça m'a l'air bien agréable, protesta Valérie.

— Ça a des avantages, c'est certain. Prenons Joël, par exemple. Ce qu'il y a de bien, c'est qu'il me plaît beaucoup, que nous nous entendons bien — enfin, presque toujours — et que nous passons de bons moments ensemble. Mais ce que j'aime moins, c'est de savoir que presque toutes les filles de l'école aimeraient l'avoir si elles le pouvaient. Quand on fait partie de la bande dans le coup, on côtoie les plus belles filles ou les plus drôles, on est invité aux meilleures soirées et on a la chance de sortir avec les gars les plus séduisants et de ne pas être importunée par les niaiseux.

— Comme je peux l'être moi.

— Non, tu ne le serais même pas car tu ne fais pas partie du tableau. Tu n'es ici que pour quelques mois et tu as choisi de te tenir à l'écart, ce qui me semble raisonnable.

— Et si je ne voulais plus me tenir à l'écart?

— Si tu voulais entrer dans l'action, tu veux dire?

— Oui.

— Je crois que ce serait possible mais ce serait difficile par exemple. On mène la vie dure aux nouveaux élèves. En tout cas, je vais y réfléchir. On trouvera sans doute un moyen pour te « socialiser ». En attendant, je ferais mieux de rejoindre ce bon vieux Zola. Je vais y passer la nuit, c'est sûr. Et tout ça, pour obtenir une note minable comme d'habitude. La meilleure note que j'aie jamais obtenue était un C et encore, la prof m'a dit que c'était grâce à ma présentation soignée. Elle voulait sans doute parler de mon écriture, et quand on en arrive à obtenir une note acceptable grâce à notre écriture, c'est qu'on est en mauvaise posture.

— Et tes autres notes, sont-elles correctes?

— Pas extra, non. Le français est quand même le pire. En me forçant un peu, je terminerai peut-être l'année scolaire avec une moyenne de C, ce qui n'est pas suffisant de toute manière.

— Pour entrer au cégep?

— Oui.

— C'est pour cette raison que tu n'as pas fait de demandes?

— Exactement.

— De toute façon, si les études ne te plaisent pas, je crois que le cégep n'est pas la solution pour toi.

— C'est ce que je pense aussi, mais pas les autres.

— Qui donc?

— Joël entre autres. Il est convaincu que je vais aller dans le même cégep que lui. Et mes parents, ils ne parlent pratiquement que de cela.

— Ils doivent bien savoir que tu as des notes médiocres.

— Oui, mais ils s'imaginent que d'ici à la fin de l'année, j'arriverai à les améliorer. Comme si c'était possible. J'ai toutes les peines du monde à écrire une malheureuse dissertation sur Zola, alors imagine-moi au cégep.

— Que vas-tu faire d'autre? Travailler chez le nettoyeur?

— Pendant un certain temps, oui. Je me suis fait un plan.

Aimerais-tu le connaître?

— Oui, si tu veux.

— C'est un plan à très long terme. Ce que j'aimerais faire, c'est mettre de l'argent de côté et aller à Montréal suivre des cours d'art dramatique. J'aimerais devenir comédienne parce que c'est à peu près la seule chose pour laquelle je suis certaine d'être douée. Je suis consciente que ce n'est pas parce qu'on joue bien dans une pièce de théâtre à la polyvalente que l'on a une grande carrière devant soi. Mais il faut quand même commencer quelque part. Je n'ai pas l'intention de crever de faim pendant une dizaine d'années, mais j'aimerais m'essayer un ou deux ans. Qu'en penses-tu?

— Ce n'est pas une mauvaise idée.

— Eh bien, tu es la seule à l'apprécier car tout le monde trouve mon projet complètement absurde.

— Ça ne les regarde pas; ce n'est pas leur vie.

— Non, ça ne l'est pas, dit Laurence avec un sourire rêveur, puis, après avoir réfléchi un moment, elle ajouta : Mais ça va être dur, hein, de se retrouver toute seule, de faire face aux problèmes financiers, et de quitter tout le monde?

— As-tu déjà vécu des expériences difficiles?

— Non, aucune.

— Eh bien, le temps est peut-être venu d'en tenter une, de voler de tes propres ailes.

— Tu as entièrement raison. Bon, puisque de toute manière, je dois veiller toute la nuit, tu pourrais me montrer comment modeler mes pommettes.

CHAPITRE CINQ

Tous les jeudis, en rentrant de l'école, Valérie trouvait une lettre de sa mère immanquablement écrite le mardi. Une fois, la lettre n'arriva que le vendredi et Valérie eut une brève lueur de joie, qu'elle ne comprit pas d'ailleurs, à l'idée que sa mère n'ait pas réussi à écrire avant le mercredi. En vérifiant le cachet d'oblitération, cependant, elle vit qu'il était daté du mardi, comme de bien entendu, et que c'était la poste et non sa mère qui avait eu du retard.

Tante Céline lui disait habituellement :

— Il y a une lettre pour toi sur la table du salon.

— Merci, tante Céline, répondait Valérie.

— Tu ne la lis pas ? lui demandait sa tante.

— Je la lirai tantôt, répondait Valérie.

Valérie se doutait bien que sa tante devait la prendre pour une enfant indigne, mais elle n'avait pas d'autre choix. Elle ne pouvait pas la lire dans le salon car sa tante risquait de la surprendre en train de pleurer, ce qu'elle faisait quasiment toujours en lisant les lettres de sa mère.

Pourquoi pleurait-elle ? Elle ne le savait pas car ces lettres ne venaient ni de chez elle (ce qui aurait pu lui causer une certaine nostalgie), ni de places intéressantes (qui auraient risqué de lui faire envier ses parents). Loin de chez elle, de son travail et de ses amies, madame Arcand semblait quelque peu perdue. Ses lettres étaient empreintes d'une gaieté forcée qui n'arrivait pas à cacher l'indéniable ennui dont elle souffrait. Ce n'était donc pas cet aspect-là des lettres qui faisait pleurer Valérie. Si l'un de ses parents avait été malade, évidemment qu'elle aurait pleurer. Elle n'avait pas un coeur de pierre tout de même. Mais comment pouvait-on avoir de la peine pour des gens qui s'ennuient au cours d'un voyage qu'ils n'étaient pas obligés de faire et qu'ils auraient pu refuser pour rester auprès de leur si merveilleuse fille?

Ce qui la faisait pleurer en lisant ces lettres, c'était les petites remarques de sa mère, ses rappels constants. Exemples : *N'oublie pas de donner un coup de main à tante Céline dans la maison. Tu dois prendre rendez-vous chez le dentiste. As-tu suffisamment de sous-vêtements ou ai-je besoin de t'en acheter et de te les envoyer?* Chaque lettre renfermait au moins un détail de ce genre. Valérie en était touchée car, grâce à ses remarques, elle avait l'impression d'avoir sa mère près d'elle, mais en même temps, quelque chose la dérangeait.

Au début de son séjour chez les Monnet, elle pleurait beaucoup, aux moments les plus inattendus et les plus embarrassants aussi. Depuis quelque temps, cependant, elle le faisait moins, et presque uniquement lorsqu'elle était seule. Elle s'attendait plus ou moins à ces crises de larmes et les prenait comme elles venaient car elle savait qu'elles ne dureraient pas, qu'elles passeraient et que tout rentrerait dans l'ordre. Elle se demanda tout d'abord si, à seize ans seulement, elle était déjà devenue philosophe. Puis elle se dit qu'à seize ans, justement, on doit faire face à tant de problèmes qui nous semblent insurmontables qu'il faut sans doute être philosophe pour y survivre.

Il y avait malgré tout un point positif dans sa vie : elle

se sentait de mieux en mieux chez les Monnet. Laurence lui avait demandé pourquoi elle gaspillait son temps à faire de la céramique et du karaté.

— Je ne veux pas vexer ta mère.

— Tu n'as pas besoin de te préoccuper de ça. Elle va te rendre folle si tu embarques dans tous ses projets. Tu l'as sans doute remarqué, maman est, disons, très dynamique. Elle déborde d'enthousiasme, elle est prête à tout essayer et elle a des dizaines d'« idées géniales », comme elle les appelle, par semaine. Elle aurait vite fait de t'épuiser si tu devais la suivre. Il faut que tu apprennes à lui refuser. Dis-lui simplement que tu n'as plus le temps de suivre ces cours.

— Laurence, elle sait très bien que j'ai beaucoup de temps libre.

— Alors, dis-lui que tu en as marre.

— Non, je ne m'en sens pas le courage.

— Bon, alors, laisse-moi faire. Je sais comment m'y prendre avec elle.

De la cuisine, Valérie entendit par hasard Laurence dire à sa mère le soir même :

— Écoute, maman, Valérie en a marre de tous ces cours. Elle ne veut plus y aller.

Tante Céline ne parut pas le moins du monde vexée, au contraire :

— Je suis drôlement contente que tu me l'aies dit. J'en ai tellement marre moi aussi d'y aller toutes les semaines. Après ces cours de karaté, je suis toujours courbaturée pendant deux jours. Je croyais que ça lui plaisait, c'est pour ça que je ne voulais pas abandonner.

Ce fut la fin des cours pour toutes les deux. À compter de ce jour-là, dès que tante Céline lui parlait d'une de ses «idées géniales» — et elle en avait, comme l'avait dit Laurence, des dizaines par semaine — Valé-

53

rie se sentit plus libre de lui répondre franchement. Si sa tante lui disait par exemple « Ce soir, pas de souper, on va se faire un festin de bananes royales », Valérie se proposait aussitôt pour aller acheter la crème glacée. Mais si sa tante lui disait « Que penses-tu des monocycles ? », Valérie avait la présence d'esprit et le courage de répondre : « Je pense que l'on a de fortes chances de se casser les deux jambes avant de savoir monter dessus. »

Après quelques semaines, Valérie et sa tante avaient réussi à avoir des rapports plus détendus, pour le plus grand bien des deux.

Quant à oncle Frank, il n'y avait jamais eu de problème avec lui. Depuis le début, il ignorait Valérie, ce qui était correct car on avait l'impression qu'il ignorait pratiquement tout le monde. À l'usine, il avait un quelconque emploi de gratte-papier qui ne devait pas l'intéresser beaucoup puisqu'il n'en parlait jamais. En général, le soir, après être rentré du travail, il lisait le journal, soupait puis descendait dans son atelier au sous-sol pour le reste de la soirée. Il y passait également une bonne partie du week-end.

Oncle Frank était, à ses moments perdus, un inventeur. Il avait déjà quatorze brevets pour des inventions qu'il n'arrivait pas à vendre : un marteau électrique ; un sablier à affichage numérique ; un siège d'autos pour chien ; un instrument de musique qui pouvait, grâce à ses accessoires, servir de clarinette, de hautbois et de flûte ; un jeu de société dont le règlement avait pas moins de cent pages, etc. Valérie était au courant de tout cela par sa cousine. Oncle Frank, par contre, faisait un secret de ses inventions et comme il ne s'intéressait pratiquement à rien d'autre, la plupart du temps, c'était comme s'il n'était pas là.

Le changement le plus important s'était produit dans les rapports entre Valérie et Laurence. Elles se parlaient beaucoup, beaucoup si l'on considère le peu de temps que passait Laurence chez elle. Ces conversations avaient le plus souvent lieu dans le grenier, la nuit, lorsque tante Céline et oncle Frank étaient déjà couchés.

En général, elles parlaient de Laurence et de ses nombreux problèmes qui touchaient à peu près n'importe quoi : son poids, ses cheveux, le caractère trop possessif de son petit ami Joël, l'arrogance de sa professeure d'histoire et celle d'une fille du nom de Vanessa Crevier qui s'était donnée pour mission — à en croire Laurence — de la rendre malheureuse. Valérie se serait probablement vite lassée d'entendre sa cousine lui ressasser ses problèmes si elle n'avait découvert, de cette manière, qu'une adolescente aussi belle et aussi populaire que Laurence — une fille qui, un an auparavant, avait donné à Valérie l'impression d'avoir une vie de rêve — pouvait avoir elle aussi des problèmes.

Une autre raison pour laquelle Valérie ne voyait pas d'inconvénient à ce que la conversation tourne en majeure partie autour de Laurence, c'est qu'elle savait que sa cousine ne l'utilisait pas simplement comme Mur des Lamentations. Quoique Valérie ne comprît pas pourquoi, Laurence avait toujours l'air de s'intéresser sincèrement à ce que disait sa cousine, de respecter son opinion. Un beau jour, Valérie demanda à Laurence pourquoi ce qu'elle pensait avait autant d'importance pour elle.

— Parce que tu es intelligente. Tu es capable de réfléchir clairement. Moi je bute toujours quelque part.

Il leur arrivait de parler d'elle. Au début, Valérie trouvait cela difficile pour deux raisons. Primo, parce qu'elle n'avait pas l'habitude de parler d'elle-même, surtout pas des questions importantes qui la concernaient. Secundo, parce qu'au début elle ne faisait pas confiance à Laurence. Elle s'attendait toujours à ce que sa cousine emploie un ton sarcastique ou réponde méchamment à ses remarques. Au fur et à mesure qu'elle comprit que Laurence n'était pas du genre à lui tendre des pièges, elle se détendit et se confia de plus en plus à elle.

Ce qui dérangeait encore Valérie, c'était la situation à l'école qui ne s'améliorait pas. Personne n'était méchant avec elle. Aucune Justine Adam ne l'avait choisie comme proie. Le problème se résumait ainsi : personne ne semblait remarquer sa présence. Cette réalité était plutôt difficile à faire comprendre à Laurence qui se plaignait, au contraire, que sa vie sociale lui prenait tout son temps, le temps qu'elle aurait pu consacrer à des choses plus importantes. Comment Valérie pouvait-elle expliquer qu'elle était très peinée que le téléphone ne sonne jamais pour elle, à quelqu'un dont la mère filtrait tous les soirs les appels et répondait à la moitié des jeunes qui demandaient sa fille que cette dernière était sortie ? Comment pouvait-elle parler de sa brûlante envie de sortir à une fille qui se plaisait à répéter : «Toutes ces soirées se ressemblent. Je commence à en être dégoûtée. Toujours les mêmes têtes, les mêmes disques, les mêmes gros bols de croustilles et les mêmes petits bols de trempette. Il m'arrive souvent, depuis quelque temps, de me dire que j'aurais mieux fait de rester chez moi à regarder la télé. »

Valérie aborda timidement le sujet. Laurence montra beaucoup plus de compréhension que ne s'y attendait Valérie, sans toutefois être d'une grande aide, ce qui ne dérangea pas Valérie car elle ne voulait pas que, par charité pour elle, sa cousine contrainte et forcée la traîne à ses soirées «ennuyeuses» ou qu'elle la case avec un copain de Joël.

Un soir très tard, Valérie, à moitié endormie, entendit Laurence monter l'escalier quatre à quatre.

— Est-ce que je peux allumer la lumière? demanda-t-elle une fois entrée.

Elle prit la chaise de Valérie et l'approcha de son lit.

— J'ai une idée géniale.

— Aïe aïe aïe, gémit Valérie.

— Pourquoi dis-tu ça?

— Parce qu'on aurait cru entendre ta mère.

— Je te garantis que ça n'a rien à voir avec les monocycles.

— Ah bon, dans ce cas, je t'écoute.

— Tu ne vas sûrement pas accepter tout de suite mais je veux que tu me promettes d'y réfléchir.

— Je te le promets.

— C'est à propos de la troupe de théâtre.

— Alors, je retire ma promesse.

— Allez, c'est une troupe très sympathique. C'est l'idéal pour rencontrer des jeunes. On organise une soirée à la première et à la dernière représentation de chaque pièce. Je me demande pourquoi je n'y ai pas pensé plus tôt.

— Mais je ne suis pas comédienne. J'ai le trac juste à raconter une anecdote à tes parents au souper.

— Tu n'auras pas besoin de jouer. Il n'y a que la moitié de la troupe qui monte sur la scène. Il y a beaucoup de travail, le maquillage, les costumes, l'éclairage.

— Je sais très bien comment ça se passe, Laurence. On est tranquillement en train de peindre un décor; c'est la veille de la première et le premier rôle féminin attrape la grippe et on vous demande d'apprendre son rôle du jour au lendemain.

Laurence éclata de rire :

— Je t'assure, Valérie, qu'il n'y a aucun risque qu'on te demande de remplacer le premier rôle féminin. Attends, je me suis mal exprimée. Ce que je veux dire, c'est qu'il y a tellement de jeunes qui attendent pour obtenir les rôles que personne ne t'obligera à jouer si tu ne le veux pas.

— On est déjà à moitié du semestre, Laurence ; la troupe est déjà entièrement formée et tout le monde se connaît…

— Pas du tout. Il y a eu beaucoup de nouveaux venus ce semestre. Mais je ne veux pas te forcer. Je te demande juste d'y penser et si tu décides d'essayer, avise-moi.

— Ce n'est pas que je n'apprécie pas ton aide…

— Penses-y bien, d'accord ? l'interrompit Laurence.

— D'accord.

Quelques jours plus tard, principalement pour que Laurence ne la prenne pas pour un cas totalement désespéré, Valérie lui annonça qu'elle avait décidé d'essayer.

— J'en suis bien contente. Je suis certaine que ça va te plaire. Nous montons des pièces pas mal du tout, tu sais. En ce moment, nous répétons *Dix Petits Nègres* d'Agatha Christie.

— Joues-tu un rôle important ?

— J'ai auditionné pour le rôle principal, mais devine qui l'a eu ?

— Vanessa Crevier.

— Cela va de soi. Cette imbécile ! Il faut voir comment elle a léché les bottes de monsieur Herbert pour

obtenir le rôle. On m'a dit qu'elle était allée jusqu'à tri-
coter des bas de Noël pour ses enfants et qu'elle leur a
amenés chez lui à Noël.

— Tu crois que c'est vrai?

— Ça ne m'étonnerait pas d'elle. Je la soupçonne
même de ne s'être intéressée à ce rôle que parce qu'elle
savait que j'y tenais.

— Ne t'en fais pas, on reconnaît toujours le vrai
talent.

— Comment sais-tu si j'ai du talent? Tu ne m'as
jamais vue jouer.

— C'est vrai, et la route va être dure pour toi, mais
tu n'as pas à craindre toutes les Vanessa Crevier car tu
aimes ce que tu fais beaucoup plus qu'elles ne le font.
Par contre, il va falloir te battre avec toutes celles qui
sont comme toi quand tu seras à Montréal.

— Si j'y vais.

— Ce n'est pas le bout du monde. Je ne vois pas où
est le problème.

— Le problème, c'est d'abandonner tout ce que j'ai
ici.

— Je suppose que tu ne veux pas parler de ton emploi
chez le nettoyeur, mais plutôt de Joël.

— Au fait, est-ce que tu veux toujours travailler avec
moi?

Laurence avait l'habitude de sauter du coq à l'âne.
Elle ne le faisait pas exprès ; son cerveau papillonnait
toujours ainsi.

— Oui, j'attendais que tu m'en reparles.

— Jusqu'à date, il n'avait besoin de personne. Mais
là, Géraldine va laisser parce que ses notes ont baissé.
Donc, si ça t'intéresse toujours, je pourrai demander à
Grégoire demain. Je crois qu'il n'aura besoin de toi que
le samedi.

— Ce n'est pas trop dur?

— Non, ennuyeux.

— Pour de l'argent, j'accepterai de m'ennuyer.

— Bon, alors, je lui en parlerai demain.

— À propos de Joël, que voulais-tu dire?

— Il trouve que nous devrions nous marier et aller au cégep ensemble. Vivre dans un de ces appartements meublés miteux, avoir un emploi à temps partiel, manger du ragoût à tous les repas et passer nos nuits à étudier. Une de ces perspectives qui sont romantiques pendant les deux premières semaines, à peu près.

— Je ne savais pas que c'était si sérieux entre vous.

— Ça l'est pour lui. Pour moi, c'est beaucoup plus compliqué que ça. Dans l'immédiat, j'ai peur de le perdre, c'est certain, mais je ne suis pas prête à m'engager pour la vie. J'aime sortir avec lui les week-ends et le mardi soir après son entraînement de basket-ball, mais je ne suis pas certaine de vouloir passer le reste de mes jours avec lui. Il est mignon, il est comique, il est facile à vivre et j'aime le câliner quand nous allons au belvédère. Mais d'un autre côté, j'ai la sensation d'avoir entendu toutes ses farces puisqu'il commence déjà à se répéter alors que nous ne sortons ensemble que depuis six mois. Et en plus, il veut six enfants. Pour moi, un c'est déjà beaucoup. Enfin, il veut vivre à Port-Louis, il trouve la vie dans une petite ville agréable, alors que moi je rêve d'aller dans une grande ville depuis l'âge de trois ans.

— À en juger par ce que tu dis, je n'ai pas l'impression que vous ayez beaucoup de points communs, estima Valérie.

— Et la dernière chose, c'est qu'il est beaucoup plus intelligent que moi. Il ne s'en rend pas compte pour le moment car dans la bande, on a tous à peu près le même niveau. Mais si nous allons au cégep, il sera obligé de se rendre à l'évidence. Après ses études, on reviendra ici ou on ira habiter dans un patelin quelconque. Il veut devenir ingénieur. Il sera donc parti toute la journée et rencontrera des gens intéressants, et moi je serai coincée à la maison avec les six marmots. Très peu pour moi. Ce n'est pas du tout le genre de vie que je veux avoir.

— Ouais, dit Valérie, ne trouvant rien d'autre à dire.

— Hé, s'écria Laurence, changeant une fois de plus brusquement de sujet, si tu veux venir demain, rejoins-moi dans les coulisses de l'auditorium après la classe, d'accord?

— D'accord.

CHAPITRE SIX

Le lendemain après-midi, comme convenu, Valérie alla retrouver Laurence dans l'auditorium. En pénétrant dans le fond de la salle, elle aperçut sur la scène sa cousine en compagnie de deux garçons et de monsieur Herbert, le professeur d'éducation physique qui faisait fonction de metteur en scène. Valérie les regarda répéter la même courte scène au moins quinze fois de suite avant que monsieur Herbert ne soit satisfait du résultat.

Elle resta assise quelques minutes et dut lutter contre l'envie de s'enfuir. Elle ne le fit pas cependant car elle ne voulait pas que sa cousine ne la prenne pour plus niaiseuse qu'elle ne la prenait probablement déjà. Elle se dirigea donc vers la porte qui mène aux coulisses.

Lorsqu'elle était assise dans la salle, Valérie avait cru que Laurence, monsieur Herbert et les deux garçons étaient les seules personnes présentes. Elle fut donc stupéfaite, en entrant dans les coulisses, de trouver une vingtaine d'adolescents affairés qui à peindre des décors, qui à coudre des costumes, qui à se lire mutuellement ses répliques. Et ils avaient tous l'air de très bien connaître leur affaire. Laurence bavardait avec un des garçons avec qui elle avait répété. Valérie décida donc d'attendre qu'ils aient terminé leur discussion. Voyant qu'ils tardaient, elle prit son courage à deux mains et s'approcha d'eux.

— Hé, Valérie! J'ai bien cru que tu ne viendrais jamais, lui dit Laurence. Je te présente Nicolas Slim.

— Bonjour. Je vous ai regardés jouer cette scène tantôt.

— C'était plutôt mauvais, estima Laurence. On n'a pas la tâche facile quand on joue avec Nicolas. On le garde juste au cas où on aurait besoin de quelqu'un capable d'imiter un fox terrier.

Cette remarque fit éclater de rire Laurence et Nicolas. Valérie s'efforça de rire elle aussi bien qu'elle n'ait pas compris du tout la plaisanterie.

— Valérie voudrait se joindre à la troupe, expliqua Laurence à Nicolas. Il faut que j'aille demander à Herbert ce qu'elle pourrait faire d'utile.

Avant qu'elle n'ait pu partir, cependant, une fille maigre au visage revêche vint vers eux. Elle a vraiment l'air de quelqu'un qui ne sait plus quoi faire, songea Valérie. Et comme si la fille l'avait entendue, elle gémit :

— Je ne sais plus quoi faire, Laurence. Mademoiselle Delaboissière m'a envoyée te chercher pour un essayage il y a une demi-heure.

— Et alors, qu'est-ce que je pouvais faire, m'arrêter au beau milieu de la répétition parce que la Sorcière m'a fait demander? J'y vais tout de suite. Valérie, tu pourrais m'attendre quelques minutes, s'il te plaît? Si je ne m'exécute pas sur-le-champ, la Sorcière va piquer sa crise.

Sans attendre de réponse, Laurence disparut, la fille au visage revêche sur ses talons, comme un policier. Valérie décida de bavarder avec Nicolas pour passer le temps. Elle se retourna et vit qu'il s'était volatilisé lui aussi.

Pendant les vingt minutes suivantes, elle resta donc plantée là. Bien que personne ne l'eût regardée comme une bête curieuse, elle se sentait extrêmement mal à l'aise. Comment se faisait-il que personne ne se soit demandé ce qu'elle faisait là alors qu'elle-même se le demandait? Et s'il fallait une heure à Laurence pour faire son essayage? Et si elle avait carrément oublié Valérie? Celle-ci venait à peine de prendre la décision de rentrer chez elle et de dire par la suite à sa cousine qu'elle avait eu mal au ventre, lorsque la porte juste derrière elle s'ouvrit brusquement. Entrèrent en même temps une bourrasque de neige et un grand gaillard blond aux joues aussi rouges que le tissu écossais de sa veste de bûcheron.

En s'ouvrant, la porte heurta Valérie et tous ses livres s'éparpillèrent sur le sol.

— Excuse-moi, dit le gars blond. Je n'avais pas l'intention de te pousser. Laisse-moi ramasser tout ça.

Et en lui tendant ses livres, il lui dit :

— Tu n'aurais pas vu Sylvain par hasard?

— J'attends ma cousine. Je ne connais personne ici.

— Bon, je ferais mieux de le chercher alors. Excuse-moi, hein?

— C'est correct.

Elle le regarda s'éloigner à grandes enjambées, en balançant les bras. Elle se dit qu'il devait constamment se heurter à tout ce qui se trouvait sur son passage. Il revint presque aussitôt, accompagné de monsieur Herbert qui lui tendit une feuille.

— Regarde combien d'articles de cette liste tu peux réussir à obtenir, du style plutôt moderne, assez luxueux, lui dit monsieur Herbert.

— Pas de problème. J'aurais bien voulu trouver Sylvain pour qu'il vienne avec moi. Il n'est pas passé par là pendant que j'étais parti? demanda-t-il à Valérie.

— Je ne sais pas. Comme je te l'ai dit tantôt, même si je l'avais vu, je n'aurais pas su que c'était lui.

— Ah oui, c'est vrai, tu attends ta soeur.

— Ma cousine.

En entendant ces mots, monsieur Herbert regarda Valérie comme si elle venait juste d'apparaître.

— Es-tu la cousine de Laurence Monnet?

— Oui.

— Elle m'a dit que tu étais ici. Je suis supposé te trouver quelque chose à faire.

— Bon, monsieur Herbert, il faut que je file. Mon père ne m'a prêté sa camionnette que pour deux heures ; je n'ai donc pas de temps à perdre à attendre cet imbécile.

— Tiens, Arnaud, tu pourrais emmener...

Il regarda Valérie d'un air interrogateur qu'elle ne comprit pas.

— Comment t'appelles-tu au fait? lui demanda-t-il finalement.

— Valérie.

— Tu pourrais emmener Valérie avec toi. Elle vient de se joindre à la troupe.

— Certain.

— Bon, alors, à tantôt, leur lança monsieur Herbert avant de disparaître.

— Où allons-nous? demanda Valérie à Arnaud.

— Un magasin d'ameublement va nous prêter des meubles et des accessoires à la condition qu'on mette son nom dans le programme. Je dois aller les chercher.

— Je ne serai pas d'une grande aide pour transporter des meubles.

— Pour ça je peux me débrouiller. Tu vas m'aider à choisir le style qui convient pour la pièce. Monsieur Herbert a dit du moderne assez luxueux.

— Ça, je peux le faire.

— Bon, alors, viens. Si je ne lui ramène pas sa

camionnette dans deux heures, mon père va me tuer.

Une fois dans la camionnette, ils restèrent un moment silencieux. Valérie était mal à l'aise et il devait l'être aussi car, après quelques minutes, il alluma la radio.

— Je m'appelle Arnaud.

— Je le sais, j'ai entendu monsieur Herbert.

— Et tu es Valérie.

— Oui.

Conversation brillante, songea-t-elle.

— Je ne t'ai jamais vue à l'école.

Elle se dit qu'il valait mieux qu'elle trouve une réponse plus élaborée qu'un «oui», sinon il risquait d'abandonner.

— Je viens d'emménager ici. Je reste chez ma cousine jusqu'à l'été. Elle aime bien la troupe de théâtre et m'a convaincue d'en faire partie. C'est pourquoi je suis venue aujourd'hui.

— Cette troupe a l'air correcte, elle est toujours mieux que les autres clubs, mais ça nc m'intéresse pas d'en faire partie.

— Comment se fait-il alors que tu prennes la peine d'aller à ce magasin et de transporter des meubles sous la neige?

— Je les aide quand ils ont besoin de moi. Ils n'ont trouvé personne d'autre qui ait à la fois une camionnette et un coeur généreux. Mon ami Sylvain fait partie de la troupe. Il s'imagine qu'il va devenir un autre Robert Redford.

— A-t-il des chances de le devenir?

— Si son teint pâlit, si ses cheveux blondissent et s'il grandit de dix centimètres, le seul problème qui lui restera à régler, c'est que c'est un très mauvais comédien.

Valérie pouffa de rire.

66

— Et ce pauvre gars s'imagine que tu es son ami?

— Je le suis, un excellent ami même. Je trouve que je lui rends un grand service de lui dire la vérité ; ça lui évitera de gaspiller son temps et son argent pour essayer de faire carrière.

Dans le magasin d'ameublement, Valérie commença à se sentir utile. Si ce n'avait été que d'Arnaud, les meubles n'auraient pas du tout concordé avec le style de la pièce. Comme ils jetaient un coup d'oeil aux articles exposés, un vendeur s'approcha d'eux.

— Vous cherchez du mobilier de base? leur demanda-t-il.

— Comment? fit Arnaud.

— Je suppose que vous êtes des jeunes mariés.

Les joues d'Arnaud devinrent écarlates et Valérie espéra que les siennes ne fussent pas aussi rouges. Arnaud balbutia :

— Pas du tout. Nous sommes des élèves de la polyvalente. Nous venons voir monsieur Bertani.

Ce disant, il mit sa liste sous le nez du vendeur en guise d'explication.

— Vous êtes venus acheter des meubles pour l'école?

— Non, nous voulons des accessoires pour notre pièce de théâtre. Monsieur Bertani est au courant.

— On ne m'a rien dit. Je vais voir monsieur Bertani. Attendez-moi un instant.

Le vendeur revint accompagné de monsieur Bertani. Après avoir promis à ce dernier une page entière de publicité dans le programme et après lui avoir expliqué qu'en trois représentations, 1 200 parents et amis — tous des acheteurs potentiels d'ameublement — allaient voir le programme et regarder pendant trois heures du mobilier Bertani, celui-ci leur prêta tout ce dont ils avaient besoin. Cette prouesse d'Arnaud impressionna fortement Valérie.

Le jeune homme aida les employés du magasin à charger le tout dans la camionnette, et, une fois arrivés à l'école, tous les jeunes de la troupe donnèrent un coup de main pour décharger les meubles et les transporter sur la scène. Le temps que tout soit terminé, il était six heures et demie et Arnaud devait ramener la camionnette à son père.

— Si tu veux venir avec moi, je vais ramener le camion, prendre mon auto et je pourrai te reconduire chez toi, lui proposa-t-il.

Valérie se dit qu'il voulait être poli, rien de plus.

— Je te remercie. Laurence est encore ici. Je pourrai rentrer avec elle à pied.

— Mais je te parie qu'elle ne te paiera pas un Coke, elle.

Valérie n'en croyait pas ses oreilles. Il l'invitait à boire un verre avec lui? Elle n'avait pratiquement pas ouvert la bouche depuis qu'ils étaient sortis du magasin. Il ne risquait donc pas de la trouver intéressante. Et avec son vieux manteau et ses cheveux tout frisottés par la neige, il était impossible qu'il la trouve séduisante.

— D'accord. Je vais prévenir Laurence pour que ma tante ne m'attende pas pour souper.

Ils allèrent chez McDonald's. Elle commanda un Coke, lui deux Big Mac, une grosse portion de frites, un lait fouetté et un chausson aux pommes.

— Avec tout ça, tu auras encore de l'appétit pour le souper?

Elle regretta aussitôt ses paroles stupides.

— Ma mère travaille à l'hôpital de trois à sept heures. Quand elle rentre, elle est trop fatiguée pour se mettre à cuisiner. Deux Big Mac, ce n'est pas pire que des *TV dinners*. Ce sont les mêmes produits chimiques

et les mêmes colorants moulés dans des formes différentes. Si mon entraîneur me voyait avaler toutes ces
cochonneries, il me renverrait probablement de
l'équipe. Je suis supposé manger un steak et une salade
tous les soirs jusqu'à la rencontre interscolaire de
vendredi.

— Tu fais de l'athlétisme?

— Non, de la natation.

— Faire partie de l'équipe de natation, est-ce que ce
n'est pas la même chose qu'être membre d'un club?

Pour la seconde fois, elle regretta ses paroles. Elle
s'efforçait de bavarder aimablement, et tout ce qu'elle
disait risquait d'être mal interprété. Il devait penser
qu'elle faisait exprès de le choquer.

— Disons que c'est pratique. Pour faire de la natation
de compétition, il faut faire partie d'une équipe. Mais
une fois qu'on en fait partie, c'est un sport individuel.
C'est toi contre les autres, même contre ceux de ton
équipe. Tu as envie que ton équipe gagne, c'est sûr,
mais tu veux te placer premier et ton coéquipier second.

— C'est plus facile d'être une vedette dans un sport
comme la natation?

— Non, pas vraiment. On accorde beaucoup plus
d'attention aux jeunes qui jouent au volley-ball ou au
basket-ball. Ce que je veux dire, c'est que la natation
est un sport plus personnel. Tu peux savoir clairement
ce que tu as accompli car tu l'as fait seul. Au volley-ball
et au basket-ball, tu peux avoir très bien joué et perdre
malgré tout le point parce qu'un de tes coéquipiers a
commis une faute. En natation, même si mon équipe
perd le tournoi, je peux remporter quelques médailles,
les accrocher au-dessus de mon lit et être content de
moi.

— C'est une attitude très individualiste, lui

reprocha-t-elle.

Il partit à rire.

— Oui, je suis comme ça, je n'y peux rien. Tu devrais venir voir la rencontre vendredi. Aimes-tu la natation?

— Je ne sais pas. Je n'y connais pas grand-chose.

— Il n'y a pas grand-chose à connaître non plus. Plusieurs personnes traversent une piscine en nageant le plus vite possible.

— Ça, je le sais, mais les différentes nages, je n'y connais absolument rien. Je n'ai jamais appris à nager.

— Ce n'est pas possible. Tout le monde sait nager.

— Pas moi.

— Comment se fait-il que tu n'aies jamais appris?

— Mes parents m'ont inscrite à un cours à la piscine municipale un été. La planche, ça allait bien, mais quand on a voulu me faire mettre la tête sous l'eau, j'ai paniqué et j'ai abandonné.

— Et tu n'as jamais nagé depuis?

— Non, jamais. Quand je vais au bord d'un lac, je reste sur la plage.

— Et le jour où tu prendras le bateau et que tu en croiseras un autre, rempli d'orphelins, prêt à faire naufrage et que tu seras incapable de les sauver, comment te sentiras-tu?

— Je suppose que je serai bien contente que ce soit des orphelins, comme ça je n'aurai pas besoin d'annoncer à leurs parents que j'ai été obligée de les laisser se noyer.

Cette plaisanterie le fit rire. Ce que c'est facile de parler avec les garçons! songea Valérie. Elle changea vite d'avis lorsqu'il s'arrêta de rire et que ni l'un ni l'autre n'eût l'air de savoir quoi dire.

— Je ne t'ai jamais vu dans mes cours, finit-elle par

dire. Tu es en secondaire V, j'imagine?

— Oui.

— Est-ce que ça te plaît? Les cours, les profs?

— Bôf, l'école et moi, c'est comme la natation et toi, on ne fait pas bon ménage.

— As-tu échoué dans certains cours?

— Non, j'ai des notes potables. Le problème, c'est que je passe beaucoup trop d'heures à étudier des tas de trucs qui ne m'intéressent pas du tout.

— Iras-tu au cégep l'année prochaine?

— Probablement. Si je veux devenir professeur de natation, il me faut un diplôme en éducation physique. J'ai déjà été accepté dans un cégep. Je prendrai ma décision cet été. Mon père a un garage. Il se peut que je travaille avec lui pendant un an. J'aime la mécanique. Il n'est pas ravi que je ne continue pas mes études, mais si je le veux, il me laissera travailler avec lui. Tu poses beaucoup de questions, dis donc.

— Excuse-moi.

— Ne t'excuse pas, c'est correct. C'est un peu inhabituel, c'est tout. La plupart des filles ici ne parlent que d'elles, de leur coiffure, du prof qui les a interrogées par surprise, et ainsi de suite. Elles adorent raconter leur vie. Toi, tu es différente.

— C'est parce que je n'ai pas grand-chose à dire.

— Mon oeil.

— C'est vrai. J'ai rarement quelque chose à dire.

— C'est drôle, mais tu me donnes l'impression de quelqu'un qui réfléchit beaucoup au contraire.

— Pour ça, je réfléchis, mais quand il s'agit de dire ce à quoi je pense, je me retiens parce que j'ai peur que ce soit trop niaiseux ou que je m'exprime mal et que les gens ne me comprennent pas. Le temps que je réfléchisse à tout ça, et mon interlocuteur est déjà passé à autre chose.

— Moi, je suis exactement le contraire. Je dis tout ce qui me passe par la tête et une fois que j'ai parlé, j'attends de voir si mon cerveau regrette d'avoir dit ce qu'il a dit.

— Je crois que je préférerais être comme toi, dit Valérie.

— J'étais justement en train de penser que je préférerais être comme toi, dit-il.

Ils éclatèrent de rire.

— Bon, il faut qu'on parte, déclara-t-il après avoir consulté sa montre. J'ai un entraînement à huit heures.

Il la reconduisit chez elle.

— Je te remercie pour le Coke, dit-elle avant de sortir de l'auto.

— Viendras-tu à la rencontre vendredi? lui cria-t-il.

— Je ne sais pas. Peut-être.

En remontant l'allée verglacée, elle glissa et, pour la seconde fois de la journée, ses livres s'éparpillèrent. Elle leva la tête et vit avec soulagement qu'Arnaud avait déjà tourné au coin de la rue et qu'il ne l'avait donc pas vue tomber.

CHAPITRE SEPT

Valérie serait allée à la rencontre de natation le vendredi soir si elle avait réussi à convaincre Laurence de l'y accompagner.

— J'aurais bien voulu venir avec toi, mais j'ai promis à Charlotte d'aller écouter ses nouveaux disques, fut la réponse de Laurence lorsque Valérie le lui demanda.

Valérie n'insista pas. Elle aurait probablement pu la convaincre mais elle ne voulait pas avoir l'air d'accorder trop d'importance à cette sortie. Lorsque Valérie était rentrée de chez McDonald's, sa cousine n'avait pas manqué de la bombarder de questions dont les réponses — Valérie en était certaine — allaient alimenter les papotages de Laurence et de ses copines. Cet interrogatoire avait malgré tout permis à Valérie d'apprendre que Laurence était sortie une fois avec Arnaud, qu'il lui avait bien plu mais qu'elle s'était choquée parce qu'il ne l'avait jamais rappelée et qu'elle en avait conclu qu'il était bêcheur. Valérie ne le trouvait pas du tout bêcheur mais elle n'en dit rien à sa cousine.

Apparemment, Arnaud était considéré à l'école comme un garçon mystérieux. Bien qu'il fût estimé des autres gars, il n'appartenait à aucune bande. Il invitait les filles à sortir une ou deux fois puis les laissait tomber. Laurence ne l'avait jamais vu fréquenter une fille très longtemps.

Le vendredi soir venu, quand Laurence lui demanda au souper à quelle heure elle partait pour la rencontre, elle lui répondit :

— J'ai décidé de ne pas y aller. J'ai un compte rendu de livre à faire pour lundi et je n'ai même pas encore lu ce livre.

Au cas où cette excuse ne serait pas suffisante, elle ajouta :

— En plus, j'ai imperméabilisé mes bottes et elles sont en train de sécher.

C'était bien là le prétexte le plus ridicule que l'on ait jamais trouvé pour se dispenser d'aller quelque part. Elle ne fut donc pas surprise de voir Laurence la regarder d'un air qui signifiait «tu es une dégonflée, pauvre toi». Heureusement que sa cousine eut l'intelligence de ne pas s'étendre sur le sujet car si, par malheur, tante Céline avait su que Valérie se dérobait à la première occasion de sortie qui se présentait à elle à Port-Louis, elle se serait immédiatement proposée pour l'accompagner. Et s'il était une situation plus embarrassante pour Valérie que d'aller à cette rencontre seule, c'était bien d'y aller avec sa tante.

Le lendemain, samedi, était la première journée de travail de Valérie chez le nettoyeur. Au premier coup d'oeil, monsieur Grégoire déplut à Valérie, et le sentiment semblait être réciproque.

C'était un vieux bonhomme petit et voûté qui fit plusieurs apparitions au cours de la matinée et il lança à chaque fois des coups d'oeil suspicieux à Valérie comme s'il s'attendait à l'attraper la main dans le tiroir-caisse. Alors que Laurence lui expliquait les rudiments du travail, Valérie lui confia :

— J'ai l'impression qu'il ne m'aime pas.

— Mais non, je suis sûre qu'il te trouve correcte.

— Et je crois bien que moi je ne l'aime pas.

— Ça, c'est déjà plus normal. Qui pourrait aimer

74

Grégoire mis à part son banquier? Je te gage qu'il a des millions de dollars dans son compte en banque à être grippe-sou comme il l'est.

Le nettoyeur Grégoire était un commerce miteux, qui n'avait ni la machinerie ni la décoration modernes que Valérie connaissait habituellement chez les nettoyeurs. Le linoléum usé, le comptoir en bois — oeuvre d'un bricoleur — et la vieille caisse enregistreuse devaient dater d'au moins cinquante ans.

Le travail avait l'avantage d'être facile et l'inconvénient d'être ennuyeux. Dès midi, Valérie en avait déjà assez.

— Comment fais-tu pour supporter ça? demanda-t-elle à Laurence.

— Quand tu vas recevoir ta petite liasse de dollars cet après-midi, tu comprendras comment.

En plus de s'ennuyer à mourir, Valérie avait un peu mal au coeur, probablement à cause des émanations de perchloréthylène et de la vapeur des presses.

Après que Laurence eût fini de servir une cliente qui se plaignait que l'on n'ait pas réussi à enlever une tache d'encre indélibile sur son pantalon blanc et qui partit en grommelant qu'elle allait changer de nettoyeur, Valérie confia à sa cousine qu'elle se sentait tout étourdie.

— C'est sûrement parce que tu n'as pas mangé. Va donc au casse-croûte en face mais ne commande surtout pas leur salade de poulet. Leur viande ressemble à du crapaud pressé.

Une fois dans le restaurant, Valérie s'assit sur un tabouret au comptoir, près de la porte. Forte du conseil de Laurence et remarquant que c'était le genre d'endroit où la nourriture a de fortes chances d'être insipide, sinon immangeable, elle commanda un sandwich bacon-tomate-laitue et un Coke. Pour passer le temps en attendant que sa commande arrive, elle prit un roman policier qu'elle venait de commencer. Plongée qu'elle était dans le suspense, elle ne remarqua pas qui venait d'entrer. Ce n'est que lorsqu'on lui servit son sandwich qu'elle releva les yeux et découvrit qu'Arnaud était assis au comptoir devant une tasse de café.

La situation était délicate. Peut-être ne l'avait-il pas reconnue, emmitouflée comme elle l'était dans son vieux manteau? D'un côté, elle aurait pu le saluer. D'un autre côté, s'il l'avait vue et qu'il ne lui avait pas adressé la parole, c'est qu'il faisait exprès de l'ignorer. Ne sachant que faire, elle fit la même chose que d'habitude, c'est-à-dire rien. Elle termina son sandwich, déposa le montant de son repas et le pourboire sur la facture posée devant elle, prit sa tuque et ses mitaines et se leva pour partir. Il avait dû l'épier du coin de l'oeil car il se tourna vers elle juste au moment où elle se levait de son tabouret. Se retrouvant face à face avec lui, elle avait peu de chance de l'éviter.

— Salut, fut tout ce qu'elle fut capable de dire.

— Salut, fut tout ce qu'il lui répondit, et il retourna à sa tasse de café.

Elle eut la sensation qu'un poignard lui fendait le coeur. Elle sortit du restaurant et retourna au nettoyeur. Pendant tout l'après-midi, elle fut troublée. À deux reprises, elle fit une erreur en rendant la monnaie et elle se trompa une fois de paquet de chemises. Lorsqu'ils s'apprêtaient à fermer, Valérie surprit Laurence en train de dire à monsieur Grégoire que sa cousine était un peu lente à comprendre mais qu'elle se débrouillerait probablement mieux samedi prochain. De toute évidence, sa cousine faisait de son mieux pour éviter que Valérie ne soit renvoyée.

— Qu'est-ce qui t'est arrivé cet après-midi? lui demanda Laurence sur le chemin de la maison.

— Rien.

— Allez, ne mens pas. Je veux savoir ce qui se passe dans ta petite tête.

— C'est à cause du restaurant.

— Tu as mangé de la salade de poulet. J'en étais certaine.

— Mais non, ça n'a rien à voir avec la nourriture. C'est parce que je suis tombée sur Arnaud.

— Et alors, qu'est-ce qui s'est passé?

— Je lui ai dit salut et il m'a dit salut.

— C'est tout?

— Oui, ce n'est pas ce que j'appellerais une longue conversation.

— Tu aurais dû aller à la rencontre de natation hier soir.

— Sans doute.

— Certain.

— Hé, arrête de me regarder comme si je venais de déclencher une guerre atomique. Je me demande pourquoi tu te tracasses pour ça. Moi, je ne me tracasse pas du tout. Ça n'a pas d'importance.

— C'est vrai, ça. Ce qui était très important, par contre, c'est que tu imperméabilises tes bottes hier soir.

— Laurence, arrête, s'il te plaît. Je me sens déjà assez stupide comme ça.

— Tu pourrais peut-être réparer ton erreur.

— Oh que non. Toi tu le pourrais si tu étais dans ma situation, mais moi? Tu as l'air d'oublier que tu as devant toi la plus nulle des nullités en matière de vie sociale.

— Je pourrais peut-être t'aider. Lui expliquer comment se sont passées les choses. Tu sais, d'une manière

77

diplomate.

— Comme tu as dit à ta mère, d'une manière diplomate, que tous ses cours m'ennuyaient? C'est gentil mais non merci.

— Non, cette fois-ci, je crois que j'ai une excellente idée pour arranger les choses.

— Laisse tomber, s'il te plaît, je préfère me débrouiller toute seule.

— Ce qui veut dire que tu ne vas rien faire.

— Laisse-moi au moins une chance.

— D'accord. Je vais attendre un peu et voir ce qui se passe. Et si, par hasard, tu oubliais ou tu n'avais pas le temps de t'en occuper, je le ferai à ta place.

— Marché conclu.

Valérie était incapable de se décider à agir. Téléphoner à Arnaud était hors de question. Ce serait trop embarrassant. Et puisqu'elle ne savait pas quelles places ni quelles personnes il avait l'habitude de fréquenter, il lui était impossible de faire en sorte de se trouver là où, éventuellement, il serait lui aussi. Par conséquent, après avoir réfléchi pendant une demi-heure sur le sujet, elle abandonna. Elle en arriva à la conclusion que la situation était désespérée. Que Laurence oublie toute cette histoire, qu'Arnaud et sa famille quittent la ville ou que Port-Louis soit rasé par une tornade semblaient être à peu près les seules chances qu'elle ait eues de s'en sortir.

CHAPITRE HUIT

Le samedi suivant, Valérie et Laurence quittèrent le nettoyeur deux heures plus tôt que d'habitude. Elles allaient assister à une représentation de *L'Avare* de Molière dans un cégep voisin. Pendant toute la semaine, Laurence avait rabattu les oreilles de Valérie de cet événement. Au lieu de prendre l'autobus scolaire que la troupe de théâtre de la polyvalente mettait à la disposition des élèves, elles y allaient en voiture avec Joël. Valérie, qui avait d'abord été gênée d'aller avec lui et Laurence, fut surprise de constater que, comme le lui avait affirmé sa cousine, sa présence ne semblait pas déranger Joël. Il est vrai qu'il avait l'air d'aimer tellement Laurence qu'il aurait probablement accepté qu'elle amène un rhinocéros.

Valérie comprit vite pourquoi Laurence avait de la difficulté à se séparer de lui. En plus d'être beau garçon — si beau que Valérie n'arrivait pas à détacher ses yeux de lui —, c'était un des rares garçons qu'elle ait rencontrés avec qui il était tout de suite facile de bavarder. Il faut dire que, puisqu'il était le petit ami de Laurence, cela facilitait les choses. Si Valérie s'était trouvée seule avec lui, elle serait probablement restée muette comme une carpe, comme à son habitude.

Laurence conduisit car elle raffolait de la R5 de Joël. Valérie était coincée à l'arrière et, puisque l'attention de sa petite amie était entièrement absorbée par les vitesses au plancher, Joël passa un bras sur son dossier et bavarda pendant tout le trajet avec Valérie.

Ils arrivèrent au cégep une heure avant le lever du rideau. L'autobus scolaire n'était pas encore là. Laurence voulait essayer de rencontrer le metteur en scène de la pièce. Pour passer le temps, pendant l'absence de sa petite amie, Joël suggéra que lui et Valérie se promènent sur le campus.

— Ce cégep est chouette. J'ai été accepté ici. Est-ce que Laurence t'a dit que je lui ai demandé de venir avec moi?

— Oui, elle me l'a dit.

— Mais elle ne veut pas venir.

— Je sais qu'elle aimerait bien être avec toi par exemple.

— Mais ça ne lui suffit pas.

— Elle n'a jamais dit cela. Je crois que ça ne serait pas suffisant pour moi non plus. Si j'avais un petit ami, je ne crois pas que d'être avec lui serait mon seul et unique objectif. En fait, je parle en l'air. Si j'étais amoureuse, peut-être que rien d'autre n'aurait plus d'importance.

-- C'est ce que j'attends de Laurence et c'est probablement irréaliste. Je l'aime sincèrement mais je veux faire ma vie aussi. Il est hors de question que je la suive à Montréal et que j'attende qu'elle devienne une vedette. Parfois, pourtant, je me dis que ce devrait être différent pour une fille. Après tout, elle n'a pas besoin d'avoir une carrière.

— Il n'est pas question de besoin ici mais d'envie. C'est une chose à laquelle elle tient beaucoup. Elle est prête à tout abandonner, toi, ses parents, pour atteindre son but, et je trouve que c'est une raison suffisante pour qu'on la prenne au sérieux.

— Tu as sans doute raison.

— Bien que je n'y connaisse pas grand-chose dans ce

domaine, j'ai l'impression qu'une femme malheureuse ne fait pas une bonne épouse.

— Je devrais donc avoir un grand coeur et la laisser faire sa vie ?

— As-tu d'autre choix ?

Ils arrivèrent près d'une fontaine autour de laquelle étaient disposés des bancs. Ils s'y assirent.

— Et toi, as-tu des projets ? lui demanda Joël.

— Non, pas pour le moment. Je ne suis qu'en secondaire IV, j'ai encore le temps de me décider.

— Combien de temps vas-tu rester ici ? Chez Laurence ?

— Jusqu'à ce que mes parents viennent à ma rescousse cet été.

— Tu n'aimes pas vivre ici ?

— C'est correct.

— J'imagine que ça a dû être dur pour toi de devoir changer brusquement de vie ainsi, de laisser tes amis, tes habitudes...

— Je n'avais pas grand-chose d'intéressant à Morency, alors je trouve ça correct ici. J'attends que ça se passe.

— C'est presque une année de ta vie !

— Et alors ?

— Je trouve dommage que tu la gaspilles juste à attendre que ça se passe.

— As-tu quelque chose de mieux à me proposer ?

— Je ne sais pas ce qui t'intéresse.

— Pas grand-chose.

— Alors, justement, ce serait l'occasion de t'intéresser à quelque chose.

— Comme quoi par exemple ?

— Heu... je sais que tu vas sûrement dire que tu es trop petite, mais pour moi, je trouve que ça n'a pas d'importance.

— Trop petite pour quoi faire?

— Pour jouer au volley-ball. Notre équipe féminine est la plus faible de toutes celles de l'école.

Valérie comprit en cet instant ce que Laurence voulait dire lorsqu'elle affirmait que Joël avait l'esprit limité.

Le froid et les signes avant-coureurs d'une tempête de neige les incitèrent à entrer dans l'auditorium.

Une fois à l'intérieur, ils retrouvèrent les jeunes de leur école venus en autobus, mais pas de Laurence en vue. En vue, par contre, assis au bout de la rangée où Joël venait de faire asseoir Valérie en lui demandant de réserver deux autres places pendant qu'il partait à la recherche de Laurence, en vue, donc, était nul autre qu'Arnaud. Par chance, il était avec un groupe de chahuteurs qui enjambaient les sièges dans un vacarme monstre, la plupart n'ayant pas du tout l'allure qu'on pourrait attendre d'un fan de Molière. Valérie se glissa dans son siège, fit semblant de lire son programme et espéra passer inaperçue.

Joël revint peu de temps après avec Laurence. Les lumières s'éteignirent, le rideau se leva. Valérie était sauvée...

Jusqu'à l'entracte.

Elle resta un moment assise à bavarder avec Laurence, ou plutôt à écouter Laurence s'extasier sur les premiers actes, jusqu'à ce qu'elle ait eu besoin d'aller aux toilettes. Il y avait une longue file d'attente et le temps que son tour arrive et qu'elle ressorte, la pièce avait recommencé et le corridor était désert, ou presque. En effet, il était là, adossé au mur, occupé à jongler avec un verre en carton cabossé.

Elle n'avait pas d'autre alternative que de passer

devant lui et le saluer. Elle le fit donc. Il lui répondit.

— Je crois que la pièce est commencée, dit-elle.

— Et après?

— Tu ne veux pas voir comment ça se termine.

— Je le sais déjà, Sylvain me l'a raconté.

— Et ça ne t'intéresse pas de savoir ce qui va se passer avant la fin?

— Non, pas du tout. Ils parlent d'une drôle de manière, ça m'énerve.

— Molière trouverait probablement que tu parles, toi, d'une drôle de manière.

— C'est son problème.

— Donc, tu vas passer une heure à jongler dans ce corridor?

— Non, je vais t'emmener faire un tour et découvrir pourquoi je te déplais.

— Jamais.

— Jamais? Est-ce que ça veut dire que tu ne veux pas venir faire un tour?

— Non, je voulais dire que ce n'est pas vrai que tu me déplais.

— Ce qui voudrait dire que je te plais.

— Si l'on veut.

— Tu as une drôle de façon de le montrer en tout cas.

— Tu veux parler d'hier soir? C'est un peu compliqué, mais ça n'a rien à voir avec toi.

— Es-tu d'accord pour tout m'expliquer?

— Es-tu toujours d'accord pour aller faire un tour en voiture?

— Certain. Allons-y.

Une fois dans la voiture, Arnaud demanda à Valérie:

— Es-tu déjà venue ici?

— Non, jamais.

— Alors, nous allons partir à la découverte.

83

Pendant qu'ils étaient dans l'auditorium, il était tombé quelques centimètres de neige. Sur la route, le ciel clair et les champs d'une blancheur immaculée renvoyaient la lumière des phares et rendaient la nuit incroyablement lumineuse. Ce fut Arnaud qui entama la conversation :

— Bon, alors, tu voulais parler de ton allergie au chlore ?

— Quoi ?

— Pourquoi n'es-tu pas venue hier soir ?

Silence.

— Ça a l'air compliqué en effet.

— Non, c'est idiot tout simplement. Je n'avais personne pour m'accompagner et je n'aime pas faire des choses nouvelles toute seule.

— Tu savais que j'allais être là.

— Oui, mais tu allais être dans la piscine.

— Ah, je vois. Si je t'avais dit de me rejoindre à tel endroit à telle heure après la compétition, tu aurais été plus sûre.

— Oui.

— Ça me paraît raisonnable.

— C'est idiot, oui.

— Je t'accorde que certaines filles auraient eu l'esprit un peu plus aventureux. Mais elles sont elles et toi tu es toi.

— À t'entendre, on croirait que c'est correct.

— Pourquoi pas. J'imagine que c'est un peu désagréable pour toi d'être aussi timide, mais je ne trouve pas que ce soit un problème grave. C'est probablement une de ces anomalies qui disparaîtra, mais pas du jour au lendemain. C'est le genre de trucs avec lequel tu dois vivre pendant un certain temps.

— Tu as sûrement raison. Raisonnes-tu toujours

aussi intelligemment?

— Non, au contraire, je suis tellement bête et aveugle que je ne remarque jamais les choses importantes et que je me réveille toujours une heure après les autres.

— Ce n'est pas vrai.

— Si si, je t'assure. Est-ce que ça te tenterait qu'on quitte la route principale et qu'on explore ces petits chemins?

— Nous n'avons pas beaucoup de temps devant nous. Il faudrait que je revienne avant la fin de la pièce, sinon Laurence va s'inquiéter.

— Ne t'en fais pas, je te ramènerai à temps.

Ils quittèrent la grand-route et tournèrent à gauche puis à droite de si nombreuses fois que Valérie crut impossible qu'ils retrouvent leur chemin avant au moins mardi. Lorsqu'ils arrivèrent finalement sur un sentier gravillonné qui menait à un cul-de-sac, entre deux propriétés agricoles, il freina et éteignit le moteur.

— J'ai pensé que tu aimerais t'arrêter ici pour admirer la vue, dit-il en se tournant vers elle et en posant son bras sur le dossier de la banquette.

— Mais il n'y a rien à voir ici.

— Ah bon?

— Pourquoi nous sommes-nous arrêtés?

— Pour ça, dit-il en pressant doucement sa bouche contre celle de Valérie. Qu'en dis-tu? Est-ce que ça valait la peine de s'arrêter?

— Oui.

— Bon, alors, on peut continuer.

Et il l'embrassa de nouveau, un baiser plus long et plus passionné cette fois-ci, que Valérie lui rendit. Ils restèrent un long moment enlacés, puis elle lui avoua:

— Je n'ai pas beaucoup d'expérience, tu sais.

— Pour quelqu'un qui n'a pas beaucoup d'expérience, tu ne te défends pas mal.

— C'est peut-être naturel chez moi, plaisanta-t-elle.

— Peut-être.

Elle était en train de se dire qu'il lui plaisait beaucoup lorsqu'il lui confia :

— Tu me plais beaucoup, tu sais.

— J'étais en train de penser la même chose.

— Que tu te plais beaucoup ?

— Non, que tu me plais beaucoup, toi.

— Dans ce cas, c'est arrangé.

— Qu'est-ce qui est arrangé ?

— Vendredi prochain, tu vas venir me voir à la rencontre qui a lieu à Danbourg. Je veux que tu sois là pour m'encourager. Sylvain y sera aussi, tu auras donc quelqu'un avec qui t'asseoir. Après la compétition, on le déposera chez lui et je te paierai un hamburger.

— Marché conclu.

— Tu ne me feras pas faux bond cette fois-ci ?

— Je te promets que non.

CHAPITRE NEUF

Valérie et Arnaud retournèrent à l'auditorium environ dix minutes avant la fin du dernier acte.

— Repars-tu en autobus? lui demanda-t-il.

— Non, avec Laurence et Joël.

— Et moi je dois ramener Sylvain. Alors, à vendredi. Vers sept heures et demie?

— D'accord.

Elle alla se rasseoir dans la salle. Lorsque les lumières s'allumèrent, Laurence la regarda d'un air soupçonneux et l'interrogea :

— Où étais-tu partie?

— J'ai rencontré une vieille connaissance.

Valérie savait que sa cousine n'essaierait pas d'en savoir plus devant Joël, mais, qu'une fois à la maison, elle allait avoir droit à un interrogatoire en règle.

Une fois de retour à Port-Louis, Laurence proposa qu'ils aillent boire un Coke. Valérie allégua la fatigue et demanda à sa cousine de la déposer à la maison. Primo, Valérie se dit que Laurence et Joël avaient sans doute le goût d'être un peu seuls ; secundo, elle voulait éviter le regard inquisiteur de sa cousine.

Elle rentra donc, bien décidée à faire des essais avec son nouvel eye-liner en vue de vendredi soir et à écrire à sa mère. Dès qu'elle ouvrit la porte et qu'elle entendit le vacarme qui régnait dans la cuisine, elle comprit que ces projets étaient tombés à l'eau. Elle ne savait pas ce qui se passait, mais quoi que ce fût, sa tante y était pour quelque chose et il y avait de fortes chances qu'elle demande l'aide de Valérie.

La pièce semblait envahie par des animaux qui sautaient, aboyaient, miaulaient. En y regardant de plus près, Valérie découvrit que ce tohu-bohu provenait de deux chiens — un saint-bernard et un genre de basset — et d'un minuscule chaton.

Pendant que le basset lui sautait aux jambes en jappant, tante Céline était en train de remplir un bol de nourriture sèche pour chiens. Le saint-bernard, lui, avait les deux pattes posées sur le comptoir et poussait tante Céline de toutes ses forces pour essayer d'avoir accès au bol.

— Pas de panique, s'il vous plaît, les amis, disait tante Céline à sa ménagerie. Il y en aura pour tout le monde.

Comme elle se retournait pour déposer le bol sur le plancher, elle aperçut Valérie debout sur le seuil.

— Oh, tu m'as fait peur, je ne t'ai pas entendue entrer.

— Tu ne risquais pas de m'entendre avec tout ce bruit. As-tu cambriolé une boutique d'animaux?

— Tu sais que Frank et moi sommes allés à un souper-bénéfice ce soir à la SPCA? Après le repas, on nous a invités à visiter les locaux. Si tu savais, Valérie, les amours d'animaux qu'ils ont là. Ça m'a fendu le coeur de voir toutes ces petites bêtes sans foyer. J'ai donc dit à Frank que nous devrions faire notre part.

— Où est oncle Frank?

— Dans son atelier. Pour l'instant, il ne me parle plus mais je suis certaine qu'il cessera de bouder bientôt. Ils sont adorables, tu ne trouves pas?

— Oui, bien sûr, mais ça fait beaucoup à la fois, non?

— Pas si on se partage les responsabilités. Lequel

veux-tu ?

Valérie essaya de tergiverser :

— Ils sont tous mignons, je serais incapable de choisir.

Son stratagème ne marcha pas, à preuve la réplique de sa tante :

— Le chaton te conviendrait le mieux. Avec ton caractère tranquille, tu serais plus apte à communiquer avec un chat qu'avec un chien. Comment vas-tu l'appeler ?

— Je n'en sais rien.

— Bon, avant de lui trouver un nom, il faudrait d'abord que tu trouves quoi lui donner à manger. Je me suis arrêtée au dépanneur pour acheter de la nourriture pour chiens et j'ai oublié celle du chat. À ton avis, qu'est-ce qu'il aimerait ?

— Du poisson.

— Regarde donc dans l'armoire s'il n'y a pas une boîte de thon.

— Je n'en vois pas mais il y a des sardines, est-ce que ça ferait ?

— Sûrement. Écrase-lui-en un peu dans une assiette.

Valérie posa l'assiette par terre et attendit, mais le chaton resta là où il était, c'est-à-dire à une distance prudente près de la porte de la salle à manger.

— Je ne crois pas qu'il a faim, dit-elle à sa tante.

— Mais si, les chats ont toujours faim, à ce qu'on dit. Il a peur, ce qui est normal, il se retrouve dans une nouvelle maison en face de quelqu'un qu'il ne connaît pas et il n'a probablement jamais vu de sardines de sa vie. Je doute fort qu'ils les nourrissent de sardines à la SPCA. Il faut que tu l'apprivoises.

Valérie s'accroupit donc et tendit sa main vers le chaton en susurrant des « minou, minou » bien peu originaux. Il finit par s'approcher timidement d'elle et de l'assiette.

Elle n'avait jamais vu un chat aussi minuscule. Il avait des drôles de touffes de poils gris qui lui donnaient l'air d'un plumeau. D'un pas hésitant, partagé entre la crainte et le désir de faire confiance à Valérie, il s'avança vers elle.

— Je crois qu'il t'aime bien, estima tante Céline.

— Tu crois? Il est probablement juste intéressé par les sardines.

Une fois arrivé près de l'assiette, cependant, il la renifla puis il s'approcha de Valérie et se mit à se frotter à elle tout en ronronnant tellement fort qu'elle l'entendait même lorsqu'il était derrière elle.

— Tu vois? Il t'aime bien, répéta tante Céline.

— Moi aussi, je l'aime bien.

— Tu devrais lui donner un bol d'eau. Je lui ai préparé une litière dans la buanderie. Il y est déjà allé une fois mais tu pourrais lui remonter où c'est. Après quoi, tu devrais l'emmener dans ta chambre et l'y garder le temps que je maîtrise ces deux bêtes-là. Si le gros lui mettait la patte dessus pendant la nuit, il l'écrabouillerait, c'est certain.

— Sais-tu comment t'occuper d'un chien?

— Non, pas vraiment. Dans l'immédiat, je vais faire de mon mieux pour les empêcher de déchiqueter le tapis du salon et pour rester réveillée jusqu'à ce que Laurence arrive. Je vais lui donner le saint-bernard. Il faut que mon discours soit convaincant.

— Tu pourrais faire rester le chien tranquille et dire à Laurence que tu lui as acheté un gros toutou en peluche.

— Non, je crois que je vais utiliser une approche plus autoritaire. Je vais lui dire qu'elle doit prendre ce chien, sinon interdiction de sortir jusqu'à la fin de l'année scolaire.

Valérie monta dans sa chambre en tenant le chaton d'une seule main ; il était léger comme une plume. Elle essaya de le faire jouer avec un morceau de ruban mais il préféra explorer le grenier en en flairant le moindre recoin.

Elle s'allongea sur son lit et se mit à lire son roman policier. Puis, tout à coup, elle sentit Laurence la réveiller.

— Pourquoi as-tu laissé la lumière allumée ?

— Je ne sais pas, j'étais en train de lire. J'ai dû m'endormir.

— Peux-tu croire à une chose pareille ? s'indigna Laurence en désignant du doigt le chaton pelotonné au pied du lit.

— Il n'est pas si méchant que ça. Je crois qu'il ne me donnera aucun souci.

— Tu dis ça parce que c'est un minuscule chaton, pas un saint-bernard adulte.

— Elle t'a obligée de le garder ?

— Non, mais elle m'a eue par les sentiments. Elle m'a dit que je pouvais le retourner demain si je voulais, mais que puisqu'il est trop gros et que personne ne voudra l'adopter, ils seront obligés de l'euthanasier.

— Tu vas probablement t'y attacher, tu verras.

— Il a déjà déchiqueté mon livre de trigonométrie.

— Tu étais nulle dans cette matière de toute façon.

— Il est mignon ton chat. Comment l'as-tu appelé ?

— Plumeau, avec toutes ses touffes de poils, je trouve qu'il ressemble à un plumeau.

— C'est vrai. Et moi, je vais appeler mon chien Goulu en prévision de tout ce qu'il va dévorer dans ma chambre. Bon, tu t'imagines peut-être que toutes

91

ces péripéties animales m'ont fait oublier les nombreuses questions que j'ai à te poser?

— J'espérais, oui.

— Alors, avec qui étais-tu?

— Avec Arnaud. Je suis tombée sur lui par hasard dans le hall. Nous sommes allés faire un tour en voiture. Tu n'auras donc pas besoin de prendre des mesures draconiennes en vue de ma « socialisation ». J'y ai remédié moi-même.

— Et où en est la situation?

— Nous allons à une rencontre de natation vendredi soir. Il passera me prendre pour que je n'aie pas à y aller seule.

— Pas mal. À ton avis, est-ce que tu lui plais?

— Je le crois, à moins que je ne lui fasse pitié et qu'il n'agisse que par pure charité. C'est un peu tôt, tu ne trouves pas, pour savoir s'il est sérieux ou non?

— Oui, tu as raison. À propos, comment trouves-tu Joël?

— Je l'aime beaucoup, je le trouve très sympathique.

— Il est vraiment spécial, c'est vrai. Je devrais peut-être abandonner tous ces projets à Montréal et rester auprès de lui.

— Il sera encore là quand tu reviendras.

— Valérie, tu sais aussi bien que moi que les filles vont lui mettre le grappin dessus dès que j'aurai le dos tourné.

— Peut-être. Es-tu prête à courir le risque?

— Je ne sais pas.

Après être restée songeuse quelques instants, Laurence déclara:

— Il est drôlement tard. Je ferais mieux de descendre maintenant.

Bien qu'il fût plus d'une heure du matin lorsque sa

cousine s'en alla, Valérie n'avait aucune envie de dormir, sans doute à cause du petit somme qu'elle avait fait avec Plumeau. Lui, par contre, s'était rendormi sur la douillette au pied du lit.

Elle eut l'idée d'écrire à sa mère, ce qu'elle n'avait pas fait depuis deux semaines. Elle sortit son papier à lettres. Elle préférait écrire sur des feuilles volantes lignées pour écrire droit, mais sa mère trouvait que du joli papier à lettres « ça classe tout de suite une personne ». Valérie utilisait donc toujours le sien pour écrire à sa mère.

Après avoir chiffonné trois feuilles ratées, elle comprit qu'elle ne savait pas quoi dire. On avait l'impression que depuis quelque temps, sa vie s'emplissait de détails qui, elle s'en doutait, n'enchanteraient pas sa mère. À commencer par son emploi chez le nettoyeur. Valérie avait la certitude que sa mère trouverait que cet emploi lui prenait du temps sur ses études. Ensuite le chat. Sa mère avait toujours qualifié les animaux domestiques de « sales bêtes ». Et enfin Arnaud. Elle n'avait aucune idée de la réaction qu'aurait sa mère (puisqu'elle n'avait encore jamais eu de petit ami), et elle ne désirait pas la connaître non plus.

D'ailleurs, il était inutile de lui parler d'une chose encore incertaine. Valérie pouvait-elle considérer Arnaud comme un petit ami ? Ils n'étaient pas encore sortis ensemble et les baisers qu'il lui avait donnés n'avaient peut-être aucun sens pour lui. Heureusement qu'il ne savait pas que c'était la première fois qu'un garçon l'embrassait, elle en aurait été terriblement gênée. Il avait sans doute déjà embrassé une cinquantaine de filles, et pour lui, un baiser, c'était probablement la même chose qu'un serrement de main.

Mais s'il l'avait embrassée machinalement, pourquoi

aurait-il pris la peine de l'inviter à sortir? Non, non, même une éternelle inquiète comme Valérie devait reconnaître que les choses allaient plutôt bien pour elle.

CHAPITRE DIX

Un soir de la semaine suivante, Laurence confia à Valérie qu'elle avait l'intention d'annoncer ses projets d'avenir à ses parents le lendemain au souper.

— Je crois qu'il est temps d'arrêter de s'en faire accroire avec cette histoire de cégep, dit-elle à Valérie.

— Tu as pris ta décision, alors?

— Je l'avais déjà prise depuis longtemps mais j'avais peur de la leur annoncer. Maintenant, je suis prête à les affronter.

— Ça me paraît raisonnable.

— Tu es fantastique, Valérie! Je savais que j'allais pouvoir compter sur toi.

— J'ai simplement dit que ça me paraissait raisonnable. Tu comptes sur moi pour quoi faire?

— Pour me soutenir.

— Ce n'est pas une bonne idée. En tant que cousine que vous avez la gentillesse d'héberger, je ne peux pas intervenir dans une discussion entre toi et tes parents.

— Je le sais, j'y ai pensé, mais je n'ai personne d'autre pour m'appuyer. Il faudra donc que tu le fasses.

— D'accord, on va procéder ainsi : tu commences la discussion seule. Si tout va bien, tu n'auras même pas besoin de moi. Et si tu as besoin de moi, je te promets que je te soutiendrai.

— Tu es formidable, Valérie.

— Je le sais, on me l'a déjà dit, blagua-t-elle.

Le souper le lendemain soir fut beaucoup moins

décontracté que d'habitude. Laurence, qu'oncle Frank doit toujours faire taire pour qu'elle puisse manger, était très silencieuse ; elle cherchait le bon moment pour parler de ses projets.

Tante Céline faisait de son mieux pour alléger l'atmosphère. Elle demanda à son mari comment s'était passée sa journée à l'usine et reçut une réponse qui dura cinq secondes. Et lorsqu'elle demanda à Valérie comment s'était passée sa journée à l'école, elle eut droit à une réponse de quatre secondes.

Si Valérie avait été à la place de Laurence, elle aurait abandonné l'idée d'annoncer ses projets à ses parents. La conversation était tellement pesante qu'elle aurait dû la prévenir sur l'humeur des convives.

Ce n'est qu'au milieu du dessert que Laurence prit son courage à deux mains et leur déballa toute son histoire.

Et il s'avéra qu'elle n'avait pas que des ennemis. Tante Céline trouva l'idée plutôt bonne :

— Tu aurais dû me le dire plus tôt. Ça m'aurait évité de tressaillir chaque fois que tu parlais de ne pas aller au cégep. J'ai cru que tu envisageais une carrière dans le nettoyage à sec.

Oncle Frank fut moins conciliant.

— Ça, je ne l'accepterai pas, s'énerva-t-il. Depuis que tu es née, je mets de côté un peu d'argent de chacune de mes payes pour ton éducation. Je trouve que le cégep ouvre toutes les portes. Je me suis décarcassé pour être en mesure de t'offrir cette clé et maintenant, tu me dis que tu ne vas pas en profiter ? D'ailleurs, même si tu n'allais pas au cégep, il est absolument hors de question que tu ailles à Montréal. Tu es beaucoup trop jeune pour vivre seule.

— Au cégep aussi, je serai seule.

— Ce n'est pas la même chose. Vous n'êtes pas livrés à vous-mêmes. Dans une grande ville, il n'y aura personne pour prendre soin de toi.

— Tu devrais voir la chose ainsi, Frank. Au moins, nous n'aurons pas à nous tracasser de ses notes pendant encore deux ans, lui conseilla sa femme.

— Céline, j'ai dit ce que j'avais à dire à ce sujet et je ne veux plus en entendre parler.

Un peu plus tard, ce soir-là, Laurence monta voir Valérie.

— Ça s'est pas mal passé, hein ? Et je n'ai même pas eu besoin de te faire intervenir.

— Qu'est-ce que tu racontes « pas mal » ? Ton père a refusé catégoriquement.

— Ce n'est pas grave. C'est ma mère qui compte. Si je la pousse un peu, elle arrivera probablement à le convaincre.

— Ça ne marche pas comme ça chez moi. Mes parents forment un front solide.

— C'est que tu n'as pas encore trouvé leur point faible.

— C'est surtout que je n'ai jamais eu de motif suffisamment valable pour me battre.

— Ça doit être chouette de ne pas avoir de parents pendant un certain temps, même si tu dois te sentir seule des fois.

— Ma mère m'écrit régulièrement et elle m'a téléphoné dimanche. J'ai été un peu prise au dépourvu et je ne savais pas trop quoi lui dire. Quand je lui écris, je réfléchis à la manière la plus diplomate de lui parler. Mais là, au téléphone, j'en arrivais toujours à lui dire plus que ce que je voulais et je sentais sa désapprobation au bout du fil.

— C'est vrai que ta mère ne m'a jamais donné

l'impression d'être une personne facile.

— À la maison, ça allait. Mais, depuis quelque temps, il m'est arrivé un tas de choses que je préfère ne pas lui dire. Elle a dû le sentir, car dans ses lettres, elle est de plus en plus curieuse. Comme mes réponses sont de plus en plus évasives, nos rapports sont un peu tendus en ce moment.

— Je crois que c'est la preuve que l'on devient adulte.

— De quoi parles-tu?

— Lorsque la première personne à qui l'on veut se confier n'est plus notre mère, c'est la preuve que l'on devient adulte.

En rentrant de l'école, le vendredi, Valérie partit à la recherche de sa tante car elle voulait lui parler.

— Tante Céline?

— Je suis en bas, dans la buanderie.

— Bonjour.

— Bonjour, tu as besoin de quelque chose?

— Non, je voulais juste te dire que je sors ce soir.

— Où vas-tu?

— À une rencontre de natation.

— Je ne savais pas que tu t'intéressais à ce sport.

— Je ne m'y intéresse pas vraiment. Un garçon m'a invitée à assister à cette rencontre. Il doit venir me chercher.

— Wow! Il faut qu'on fête ça. Je préparerai de la limonade et…

— Non, ce n'est pas la peine de te déranger. C'est précisément ce que je voulais te dire.

— De ne pas me déranger?

— En quelque sorte, oui. Tu vois, j'aimerais que tu ne fasses pas comme si c'était l'événement le plus

98

important depuis l'arrivée de la télévision en couleurs. Pourrais-tu te comporter avec lui comme s'il était un parmi tant d'autres garçons qui viennent me voir chaque semaine? Comme tu le ferais pour Laurence.

— Je comprends. Je te promets que je vais prendre l'air le plus blasé qui soit.

— Tu es formidable, tante Céline.

— Si je l'étais, ça ne m'aurait pas pris cinq minutes pour comprendre où tu voulais en venir. Tu devrais t'inquiéter de savoir ce que tu vas porter car j'ai bien l'impression qu'il n'y a pas un seul vêtement de repassé dans cette maison.

— J'ai un jean propre et un chandail. J'avais vérifié ce matin avant de partir à l'école.

Après le souper, Valérie prit une douche, lava et sécha ses cheveux. Elle les avait fait couper le mardi après-midi et elle était très contente du résultat. Puis elle s'aspergea le corps d'eau de toilette et se brossa les dents. Elle vida ensuite sa boîte de maquillage et choisit de mettre de l'eye-liner, du mascara, du fard à joues et un rouge à lèvres pêche.

Une fois remontée dans sa chambre, elle s'habilla et eut toute une surprise en se regardant dans le miroir de la porte de la penderie. Elle n'avait pas l'habitude de se regarder car cela la rendait nerveuse. Elle fut donc surprise ce soir-là en voyant la nouvelle Valérie. Bien sûr, le changement n'était pas frappant au point qu'elle ne se reconnaisse pas, mais elle remarqua malgré tout quelques différences. En premier lieu, elle avait perdu environ cinq kilos. Les Monnet n'avaient pas de balance mais elle savait qu'elle avait maigri car ses vêtements étaient devenus beaucoup trop grands et elle mangeait peu, ne trouvant pas à son goût la cuisine de Laurence et de tante Céline. Sans avoir une silhouette de star, elle n'était pas mécontente de ses formes. Elle n'avait plus d'acné et son maquillage était parfait ; elle avait l'air un peu plus sophistiquée sans être peinturlurée. Sa nouvelle coiffure était à la page. Le seul détail qui clochait, c'était ses lunettes. Elle décida de s'en acheter d'autres avec l'argent qu'elle avait gagné chez le nettoyeur. En attendant, elle se trouvait à son goût, ce qui ne lui était jamais arrivé. C'était vraiment quelque chose !

Arnaud arriva à l'heure. Tante Céline fut parfaite. Alors que Valérie prenait son manteau, sa tante traversa le vestibule d'un air distrait et légèrement fâché et lui dit :

— Tu sors encore, Valérie ? Franchement, je me demande quand tu trouves le temps de faire tes devoirs.

Sylvain les attendait dans l'auto. Arnaud fit les présentations. Valérie prit place entre les deux copains.

— Allez, les sportifs, en route. On doit aller encourager notre équipe, dit Sylvain sans grand enthousiasme.

— Je n'ai pas l'impression que tu ailles à cette rencontre de gaîté de coeur, lui fit remarquer Valérie.

— Non, pas spécialement.

— Alors, pourquoi y vas-tu ?

— Il vient me voir jouer, je vais le voir nager. C'est normal. Comme ça, on est tous les deux malheureux ; il n'y a pas de jaloux. Aimes-tu la natation ?

— Je pourrai te répondre plus précisément lorsque j'aurai assisté à cette rencontre, la première de ma vie.

— T'es-tu encore versé tout le flacon de parfum de ta soeur dessus, Sylvain ? ronchonna Arnaud. Ça sent d'ici.

C'était la vérité. La voiture empestait, ce qui ne dérangeait pas Valérie car l'odeur de Sylvain dominait celle de son eau de toilette dont elle avait, elle aussi, un peu abusé.

— J'ai dû y aller un peu fort, oui, reconnut Sylvain. Et je n'aurais pas dû car ça peut être dangereux. Les filles me courent déjà après sans ça.

Il n'y avait pas besoin de s'appeler Einstein pour comprendre qu'il riait de lui-même. En effet, il n'était pas gâté par la nature et lorsque Laurence avait dit à Valérie, une semaine auparavant, qu'elle était déjà sortie avec lui, Valérie s'en était étonnée :

— Tu es sortie avec Sylvain Montpetit?

— Oui, une ou deux fois. Toutes les filles le font. Il est connu comme bouche-trou. Chaque fois qu'une fille vient de rompre et qu'elle ne veut pas rester chez elle, elle sort avec Sylvain. Il fréquente les jeunes dans le coup, alors quand on sort avec lui, on est certaine d'aller dans les endroits intéressants.

— Tu ne trouves pas ça méchant?

— Méchant?

— Oui, de se servir de lui ainsi.

— Non, pas vraiment. Il sait très bien à quoi s'en tenir. C'est lui qui invite les filles. Est-ce que c'est plus méchant d'accepter son invitation tout en sachant que ça ne mènera à rien ou de lui refuser?

— Mais pourquoi les filles décident-elles d'avance que ça ne mènera à rien? Est-il si terrible que cela?

— Non, pas du tout, mais il choisit toujours les filles les plus chouettes. Il est du genre à aller systématiquement avec des filles qui ne sont pas faites pour lui. Ça peut te paraître ridicule, mais c'est la vérité. C'est comme si j'avais la prétention de sortir avec les plus grandes vedettes rock. J'aurais forcément le coeur brisé.

Valérie s'était surprise à se demander, pour la énième fois, si après l'école secondaire ce système de caste allait disparaître, et si des filles ordinaires pouvaient devenir des femmes intéressantes capables de séduire des gars au passé de don Juan, et des garçons comme Sylvain Montpetit devenir riches ou avoir un métier prestigieux et épouser une ancienne reine de promotion. Elle espérait que oui.

Dès qu'ils sortirent de l'auto, Arnaud fut kidnappé par une bande de gars bruyants, ses coéquipiers. Il ne prit même pas la peine de jeter un regard en arrière ni de saluer Valérie.

— Il passe par derrière pour aller au vestiaire. Nous, nous entrons par l'entrée principale, lui expliqua Sylvain.

— Ah bon.

— Ne crois pas qu'il nous a laissé tomber. Avant chaque rencontre, il fait une crise aiguë de vedettariat. Tout d'un coup, ce n'est plus que lui, l'eau, et le destin, et nous, nous ne sommes plus que la lointaine foule en délire.

— Je déteste le sport, conclut-elle.

Après une telle déclaration, elle fut surprise de se laisser prendre par la fièvre qui régnait dans la place. Elle se sentit envahie par une exaltation tout à fait nouvelle pour elle, engendrée par toute une série de visions, d'odeurs, de sons nouveaux.

Lorsque Port-Louis remporta la deuxième épreuve, Valérie bondit de joie et, dans un élan d'enthousiasme — qu'elle n'aurait jamais pensé être capable d'avoir — elle enlaça Sylvain.

Port-Louis sortit vainqueur de la rencontre. Arnaud termina premier dans une des épreuves auxquelles il participait, et deuxième dans l'autre. Elle s'attendait à le voir jubiler et fut surprise de le trouver plutôt démoralisé lorsqu'ils se retrouvèrent un moment plus tard.

Sylvain donna une claque dans le dos de son copain en disant :

— Tu as encore du chemin à faire, hein ?

— Ouais, ouais.

— Dites donc, j'ai rencontré Julien tout à l'heure. On va faire un tour à la soirée d'Anne Labbé. Vous voulez venir avec nous ?

Valérie espéra qu'Arnaud accepte car Anne était l'une des filles super branchées de l'école. À coup sûr, tout le monde allait être à sa soirée. C'était une occasion que Valérie n'avait jamais eue à Morency, d'être sur la scène pour un soir, au coeur de l'action, et non pas en dehors, au rang des observateurs.

— Non, merci. J'ai promis à Valérie de lui payer un hamburger. On se verra dimanche. Le père de Julien vient de s'acheter une nouvelle télé avec écran géant et il veut que nous allions voir le match de basket-ball avec lui.

— C'est d'accord. Alors, à dimanche. À la prochaine, Valérie.

— C'est ça, à la prochaine.

Une fois Sylvain parti, elle se tourna vers Arnaud et lui dit :

— Tu n'avais pas besoin de refuser d'aller à la soirée à cause de moi. J'y serais allée, tu sais.

— Bah, il va y avoir la même éternelle bande que d'habitude. Et les parents d'Anne sont toujours là à nous espionner. Je préfère qu'on aille dans un endroit tranquille bavarder tout en mangeant un hamburger, ou une pizza, tiens. Est-ce que ça te tente ?

— D'accord.

— As-tu faim ?

— Non, pas très.

— Tu n'as peut-être pas envie d'aller à la pizzeria

103

alors?

— Et toi, as-tu faim?

— Une faim de loup, oui.

— Alors, allons-y. Tu commanderas une pizza et j'en mangerai un petit morceau avec toi.

Après qu'il eût passé la commande chez Luigi, elle lui dit qu'elle avait trouvé la rencontre très réussie.

— J'étais vraiment enthousiaste à quelques reprises et je ne m'enthousiasme pas facilement, crois-moi.

— Je suis content que tu te sois amusée.

— Tu as bien nagé, surtout dans le 100 mètres.

— Ne parlons pas de ça, s'il te plaît.

— Je croyais que nous étions ici pour ça, pour manger une pizza et pour parler.

— Oui, on peut parler, mais d'autre chose. Je n'aime pas perdre et j'aime encore moins parler de mes défaites.

— Mais tu es arrivé deuxième, ce n'est pas si mal.

— Deuxième, ce n'est pas premier, c'est donc une défaite.

— Tu es dur avec toi-même, tu ne trouves pas?

— Peut-être mais ça, c'est mon affaire, non?

— Oui, bien sûr. Excuse-moi.

— On ne devrait pas gâcher notre soirée avec ça. Si on parlait de toi? Comment s'est passée ta semaine?

— Mon chat a une infection à l'oreille.

— Je crois que je préfère encore parler de mes défaites.

Cette remarque les fit éclater de rire et le reste de la soirée se passa sans problème. Finalement, elle mangea la moitié de la pizza d'Arnaud. Lorsque c'était Laurence qui préparait le souper, Valérie n'avalait pratiquement rien. Ce soir-là, elle avait préparé une salade de macaroni-céleri-noix-pommes à la mayonnaise au miel(!). De plus, après avoir réussi la semaine précédente un gâteau aux carottes, elle avait poursuivi sur sa lancée de desserts aux légumes en faisant des biscuits aux brisures de tomates(!). Valérie avait donc terminé son repas aussi affamée qu'au début mais elle était tellement nerveuse tout en se préparant pour sortir puis tellement surexcitée pendant la rencontre qu'elle n'avait pas remarqué qu'elle avait faim. Elle ne s'en était rendu compte que lorsque la serveuse avait apporté l'appétissante pizza.

— Je n'aurais pas dû t'amener ici si tu n'avais pas faim.

— J'avais faim sans le savoir.

Et elle lui raconta la situation culinaire chez les Monnet.

— On a du mal à s'imaginer Laurence Monnet en train de cuisiner. On a même du mal à se l'imaginer faire quoi que ce soit d'autre que d'être assise en classe complètement perdue ou au contraire bien dans son élément à une soirée. Il faut dire que j'ai de la difficulté à voir les gens autrement que dans le contexte dans lequel je les vois évoluer.

— Moi, c'est l'inverse. J'invente une vie aux gens que je côtoie dans l'autobus.

— As-tu remarqué que nous sommes très différents tous les deux ?

— Je crois que nous le sommes en effet.

— Moi, je me dis que c'est un avantage.

— Peut-être.

— Je trouve que je pourrais apprendre des affaires avec toi. Je fréquente toujours des gens qui me ressemblent. Par exemple, s'ils disent quelque chose, je venais juste de penser la même chose. Il n'y a aucune surprise, tu comprends.

— À t'entendre, on croirait que je suis une Martienne.

— Non, pas du tout. Ce que je voulais dire, c'est que tu es différente, sans l'être trop. Trop différente, ce n'est pas bon. Je suis sorti un jour avec Viviane Carbonneau. Elle m'a parlé de Tolstoï pendant une demi-heure avant que j'aie compris que c'était un écrivain. Je croyais que c'était un général.

— Non, c'est un écrivain russe.

— Tu le savais?

— Oui, mais je ne parlerais pas de lui pendant une demi-heure.

— Voilà exactement ce que je veux dire. Tu es différente mais pas au point de le montrer sans arrêt. Je crois que tu me plais.

— Il me semble que tu l'as déjà dit.

— Oui, mais maintenant j'en suis plus sûr. Je suis, disons, entre l'étape où je crois que tu me plais et celle où je suis sûr que tu me plais.

— Et moi, je crois que je suis sûre que tu me plais, mais je ne suis pas tout à fait sûre que tu me plais.

— Tu te moques de moi, ou quoi?

— Oui, il n'y a aucun doute là-dessus.

CHAPITRE ONZE

— Hé, tu sais quoi? s'écria Laurence en entrant dans le grenier en trombe, tout essoufflée d'avoir monté l'escalier quatre à quatre.

Valéric était habituée aux entrées inopinées de sa cousine et, la plupart du temps, elles ne la dérangeaient pas. Cette fois-ci, cependant, elle n'avait pas envie de s'arracher à son livre.

— Quoi? soupira-t-elle tout en refermant son livre.

— J'ai gagné. Papa a accepté. Si j'économise assez d'argent, je pourrai aller à Montréal tenter ma chance.

— Fantastique! Ç'a été très facile tout compte fait.

— Oui, si j'avais su, je ne me serais pas fait tant de mauvais sang et je leur aurais tout dit depuis des mois.

— Il y a des mois, tu ne savais pas encore avec certitude ce que tu voulais faire.

— C'est vrai. En tout cas, il faut que je commence à étudier l'état de mes finances. Ce que j'ai à la banque, plus ce que je vais gagner chez le nettoyeur d'ici juin, plus ce que je vais gagner avec un emploi d'été plus payant que celui que j'ai maintenant. Avec tout ça, je devrais être en mesure de partir à l'automne. Je pourrai trouver un emploi de serveuse en attendant d'avoir un rôle. Ça me permettrait de subvenir à mes besoins. Mes cours de théâtre, papa est prêt à me les payer. Il m'a dit qu'il avait mis de l'argent de côté pour mes études supérieures qui vont être, je crois, ces cours-là.

— Il a fait une sacrée volte-face, dis donc.

— Non, pas vraiment. Il doit croire que je vais revenir dans six mois, la queue entre les jambes, prête à me remettre sur le droit chemin et à aller au cégep comme toute adolescente sensée.

— Et toi que crois-tu ?

— Que je vais devenir une grande comédienne.

— Ce n'est pas très réaliste, tu ne trouves pas ?

— Non, mais je vais laisser toute ma vie derrière moi pour un avenir incertain, alors je ne peux pas me permettre d'être réaliste. Je dois absolument croire en ce que je vais faire.

— Tu reviendrais si ça ne marchait pas ? Tu ne resterais pas là-bas dix ans juste pour ne pas reconnaître que tu avais tort ?

— Non. Certains le font mais pas moi. Je me donnerai au maximum un an. Viendras-tu me voir ? J'aurai un appartement.

— Peut-être si je dis à ma mère que tu restes au YWCA, par exemple.

— Pas mal comme mensonge. Viens-tu d'y penser à l'instant ?

— Oui, je me débrouille bien de ce côté-là. J'ai la pratique avec ma mère. Et Joël ? Lui en as-tu parlé ?

— Non, pas encore. J'attendais d'avoir une réponse positive de mes parents. Je ne voulais pas provoquer une chicane, mais je vais lui en parler bientôt. Je t'assure que je redoute plus de le lui annoncer à lui qu'à mes parents. Il ne va pas se fâcher mais il va prendre un air peiné et avoir une face d'enterrement jusqu'à ce que je m'en aille, comme si j'avais une maladie incurable.

— Il en profitera peut-être pour te laisser tomber et séduire Vanessa Crevier.

— Ce que tu es méchante.

— Je plaisantais, mais je trouve que tu as l'air un peu prétentieuse de supposer que ton départ allait être la fin

108

du monde pour lui.

— C'est vrai, c'est un peu prétentieux de ma part, mais je sais quand même qu'il va se choquer. Et toi, où en est ton idylle?

— C'est un peu tôt pour appeler ça une idylle. Ça va bien.

— As-tu passé une belle soirée hier?

— Je pourrais faire la blasée et te répondre «C'était correct», mais je ne ne vois pas l'intérêt de faire la blasée avec toi, Laurence. Je te dirai donc que c'était la plus belle soirée de ma vie. Il n'est pas parfait, c'est sûr — il se met vite en colère pour des riens et il n'a pas toujours l'esprit très vif — mais en dehors de cela, il est comique, on peut parler et plaisanter avec lui facilement. Et je lui plais, j'en suis sûre. Et en plus — je sais bien que ce n'est pas une raison très intelligente pour aimer quelqu'un, mais je ne peux m'empêcher de le penser — il est séduisant.

— Pour être séduisant, il l'est. Qu'avez-vous fait hier soir? Il y avait une grande soirée chez Anne Labbé. Je pensais vous y voir.

— Il n'a pas voulu y aller. Nous sommes allés manger une pizza chez Luigi. Je suis rentrée un peu tard, il était plus d'une heure.

— Et où êtes-vous allés si tard? La pizzeria ferme à minuit.

— Est-ce un interrogatoire, Laurence?

— Ça en a tout l'air, oui.

— Nous sommes allés au belvédère.

— Je ne voudrais pas remplacer ta mère, Valérie, mais je sais que tu n'as pas beaucoup d'expérience et ça me rassurerait de savoir que tu as la situation bien en mains. C'est une très petite ville ici et les garçons se vantent facilement de pas grand-chose.

— Eh bien, il pourra se vanter de m'avoir embrassée, rien de plus.

— Ouf, quel soulagement !

— Pourquoi dis-tu cela ?

— Pour rien, je voulais juste que tu saches qu'ici, une fille peut facilement acquérir une mauvaise réputation. Étais-tu en train de lire quand je suis montée ?

— Oui.

— Te lèves-tu toujours aussi tôt le samedi ? J'ai cru que j'allais devoir te tirer du lit pour aller au boulot.

— Non, d'habitude je me lève à la dernière minute. Ce matin, je me suis réveillée à sept heures ; je ne sais pas pourquoi. Il est bientôt temps de partir, non ? dit Valérie en s'étirant pour prendre son réveil sous son lit. Oui, c'est bientôt l'heure.

— Bon, alors, je vais m'habiller. On se retrouve en bas dans vingt minutes, d'accord ? dit Laurence.

— D'accord.

En fin d'après-midi, au cours d'une des rares accalmies de la journée qui avait été très occupée, l'amie de Laurence, Charlotte, vint les voir.

— Je viens de m'acheter un chemisier et un pantalon adorables, dit-elle à Laurence, et elle ouvrit son paquet pour les lui montrer.

— Arrête ça, Charlotte, je t'ai déjà dit que Grégoire n'aime pas que des amis viennent me voir. Joël est déjà venu ce matin. Si Grégoire vient au comptoir et me voit en train de jaser avec toi, c'est la fin de ma carrière dans le nettoyage à sec.

— Ne t'en fais pas. S'il vient, je ferai semblant que ce sont des vêtements que je veux faire repasser. Il ne viendra pas de toute manière, hein ?

— Probablement pas. Il est dans son bureau, sûrement en train de se désespérer du coût des cintres et des housses de plastique. Bon, montre-moi ce que tu as là. Viens voir, Valérie, dit-elle à sa cousine.

— Salut, Valérie.

— Salut.

— Alors, qu'est-ce que vous en dites, les filles ?

La tenue était sensationnelle, c'est vrai. Chemisier à rayures dans un dégradé de vert assorti à un pantalon vert bouteille. En voyant ces vêtements, Valérie se demanda combien de temps encore elle allait devoir économiser pour être en mesure de rappeler à tante Céline leur magasinage à Montréal.

— C'est une tenue superbe, dit Valérie.

— Il va maintenant falloir que tu trouves l'occasion de la porter, fit remarquer Laurence.

— J'en ai déjà une. Figurez-vous que mes parents partent à Miami samedi. Il m'est donc venu à l'idée d'organiser une soirée, et en vue de cette soirée, je me suis acheté une nouvelle tenue. Que dites-vous de ça ?

— Moi, je dis que tes parents risquent de s'en rendre compte.

— Je ne devrais pas faire de soirée alors ?

— Si, mais il faudrait que tu précises à tous tes invités que c'est ultra-secret et qu'ils disent à leurs parents qu'ils vont au cinéma.

— Génial. Je suppose que je devrais vous inviter puisque vous êtes dans le secret.

— Zut ! Voilà Grégoire, je l'entends qui siffle. C'est le temps de faire la caisse. Tu ferais mieux de te sauver, Charlotte, avant qu'il ne t'en coûte la moitié de ton argent de poche pour faire repasser ces vêtements.

En rentrant du travail, Valérie demanda à sa cousine :

— Tu crois qu'elle va la faire sa soirée ?

— Sûrement.

— À ton avis, est-ce que je devrais y aller ?

— Certain. Elle t'a invitée.

— Et toi, vas-tu y aller ?

— Il y a des chances oui.

— Avec Joël ?

— Oui, et tu peux venir avec nous, si tu veux. Il t'aime bien, tu sais.

— Ah oui ?

— Oui, il me l'a dit plusieurs fois ; il te trouve comique.

— Mais pour la soirée, tu ne crois pas que je devrais y aller accompagnée ?

— Non, pas du tout. Moi j'y vais avec Joël comme d'habitude, mais puisque tu ne fréquentes personne, tu peux y aller seule. Si je ne sortais pas avec Joël, j'irais seule. C'est comme ça ici.

— Je n'ai rien à me mettre.

— Mais si, ce n'est pas un bal de couronnement. Tu peux porter un jean. Pourquoi es-tu si nerveuse ?

— Je ne sais pas. Tout me rend nerveuse.

— Pourquoi es-tu toujours aussi pessimiste ? À t'entendre, on croirait que tu n'es pas du tout dans le coup. Je crois bien que tu es la seule personne à te croire complètement nulle.

— Tu crois ?

— Mais oui, pourquoi te mentirais-je ?

— Je sais bien que tu ne mens pas mais j'ai de la difficulté à voir les choses comme toi, tu sais, au fond de moi, il y a quelque chose qui ne va pas.

— Je comprends ce que tu veux dire. Au fond de moi, ce n'est pas la joie non plus. Tout le monde doit ressentir la même chose, c'est normal.

— Et crois-tu que l'on arrive à se débarrasser de cette

112

nervosité et de ces soucis? Parfois, je me dis que lorsqu'on arrive à dépasser tout ça, c'est que l'on devient adulte.

— Ce serait bien si ça se passait comme ça, mais moi j'ai dans l'idée que devenir adulte, c'est avoir des soucis d'un autre genre, le travail, l'argent, les enfants, puis la vieillesse.

— Je suis ravie d'apprendre que des soucis d'un autre genre m'attendent.

— Tu es en train de vivre les plus belles années de ta vie, Valérie.

— Je sais, on n'est jeune qu'une fois.

— Dans dix ans, tu riras de tout ça.

— Ça, ça m'étonnerait.

— Crois-moi, dans dix ans, tu ne te souviendras même plus de ce que tu portais à la soirée chez Charlotte Métayer.

En fin de compte, Valérie porta un jean et elle se rendit à la soirée avec Laurence et Joël.

Ils allèrent chez Charlotte un peu tôt pour l'aider à préparer les craquelins, le fromage et la glace pour les boissons. Une fois les préparatifs terminés, Joël se retira dans la chambre des parents de Charlotte pour regarder un match de basket-ball. En attendant les invités, les trois filles s'installèrent au salon pour jaser. Valérie se contenta d'écouter Charlotte et Laurence faire des potins sur à peu près tous les élèves de secondaire V.

Soudain, Charlotte se tourna vers Valérie et lui dit :

— Laurence m'a dit que tu sors avec Arnaud Charlebois ?

— Oui.

— Est-ce que c'est sérieux ?

— Non, je suis juste sortie deux ou trois fois avec lui.

— Je l'ai invité ce soir.

— C'est bien, fit Valérie sur le ton le plus indifférent qu'elle put en espérant ne pas être trahie par un rougissement.

— Ta cousine est drôlement avare de renseignements, Laurence, dit Charlotte. Il va falloir la cuisiner.

— Il n'y a rien de spécial à dire, je t'assure, insista Valérie.

— Excepté que vous êtes amoureux fous l'un de l'autre et que vous allez faire une fugue le week-end prochain. Tu n'es pas drôle, Valérie. Tu pourrais nous filer quelques potins. Ce gars est intriguant et tu pourrais nous aider à pénétrer son mystère.

— Pour moi, il n'a rien de mystérieux, répondit Valérie d'un air légèrement supérieur. Je le trouve pas mal formidable.

— Formidable? Crois-tu que ça puisse devenir sérieux entre vous?

— Je ne sais pas.

Sauvée par la cloche, comme on dit, elle le fut car la sonnette venait de retentir. Après les avoir attendus pendant ce qui lui avait semblé une éternité, une cinquantaine de jeunes arrivèrent en l'espace de vingt minutes. Certains apportèrent des disques, d'autres des boissons, les plus vieux de la bière.

Un moment plus tard, les uns se mirent à danser, les autres s'installèrent par couples sur les canapés dans la salle familiale dont on avait tamisé la lumière. Valérie se contenta d'observer le spectacle jusqu'à ce qu'un grand gars au teint blafard, du nom de David Cartier, l'invite à danser. Après avoir dansé deux airs, ils s'assirent pour siroter une bière. C'était la première fois qu'elle en buvait et elle fut surprise de découvrir qu'elle

114

n'était pas euphorique. Au contraire, elle était plutôt endormie et, après en avoir mis le blâme sur la bière, elle comprit que le coupable était le discours assommant de David sur les instruments de musique électroniques. Il s'intéressait apparemment à la construction de synthétiseurs et de matériel de mixage et pensait trouver en Valérie un intérêt aussi vif pour ce domaine.

Elle aurait pu se débarrasser facilement de lui en prétextant qu'elle devait aider Charlotte, par exemple, mais elle resta à sa place. Cela lui permettait de rester sur la touche. Elle ne se pensait pas assez bonne pour danser sans arrêt comme le faisaient certains jeunes. Si elle avait eu un garçon à câliner, elle n'aurait jamais voulu le faire sur un canapé devant tout le monde. Et elle se voyait mal se mêler à la bataille de boules de neige qui faisait rage dans le jardin.

De plus, c'était une sensation nouvelle et bien agréable que de laisser David parler de sa voix endormante sans qu'elle ait à se soucier de ce qu'il pensait d'elle, sans qu'elle ait besoin de se creuser la cervelle pour trouver quelque chose d'intéressant à dire. Laurence aurait-elle eu raison? Valérie se prenait-elle pour une nullité et ne faisait-elle rien pour se dissuader d'en être une? Une chose est certaine, si elle avait pu être aussi détendue avec tout le monde qu'elle l'était avec David, un bon nombre de ses problèmes auraient été réglés.

Malheureusement, cette rêverie rassurante fut aussitôt détruite par une apparition des plus déprimantes: celle d'Arnaud qui tenait par l'épaule Stéphanie Nadeau.

Si le palmier qui se trouvait juste derrière elle avait été assez grand, Valérie se serait cachée dans ses feuilles jusqu'à ce que tout le monde soit parti. Pourquoi donc avait-elle dit à Laurence et à Charlotte qu'il y avait quelque chose entre elle et Arnaud? Elle aurait donné n'importe quoi pour revenir en arrière, à l'époque où tout le monde savait qu'elle n'avait pas de petit ami. Avoir parlé comme elle l'avait fait et le voir arriver, une heure plus tard, rivé à Stéphanie Nadeau, quelle humiliation!

Stéphanie Nadeau, justement elle, la fille la plus insignifiante du cours d'histoire. Sans doute la fille la plus abrutie de secondaire IV. Elle savait à peine de quel bout utiliser son crayon à mine et elle serait probablement restée en première année toute sa vie si elle n'avait pas été aussi belle, belle au point que tous les garçons dans toutes les classes étaient toujours d'accord pour lui écrire ses dissertations, lui faire ses devoirs et même lui laisser copier sur eux les réponses aux examens. Stéphanie Nadeau, la nouille par excellence, celle qui, selon ce que s'était imaginé Valérie, ne pouvait séduire que les garçons les plus crétins. C'était le comble!

Tout en hochant la tête aux endroits qu'elle jugeait appropriés dans la conversation de David — qui portait maintenant sur la qualité de l'acoustique d'un sous-sol — Valérie se dit qu'Arnaud et Stéphanie habitaient peut-être dans la même rue et qu'il avait pu lui offrir de la conduire à la soirée. Cet espoir eut tôt fait de s'évanouir lorsqu'elle les vit enlacés sur un des canapés, en train de se caresser, de s'embrasser et de rigoler aux plaisanteries qu'ils se chuchotaient.

Après une dizaine de minutes, n'y tenant plus, elle interrompit David dans son monologue:

— Si on partait d'ici pour être un peu seuls.

Elle n'arrivait pas à croire qu'elle ait pu dire cela mais que pouvait-elle faire d'autre? David était sa seule échappatoire, le seul moyen pour elle de ne plus endurer cette humiliation. De plus, en partant avec lui, elle pouvait sauver la face en faisant croire qu'elle aussi s'intéressait à quelqu'un d'autre.

— Et où aimerais-tu aller? lui demanda-t-il.

— Je te laisse choisir. J'ai confiance que tu trouveras une bonne place.

Et comme on pouvait s'y attendre, il lui proposa d'aller au belvédère. C'était risqué mais elle s'en sortit assez bien. En faisant semblant d'être très intéressée par ce qu'il disait et en le laissant discourir sur les marques de matériel utilisées par différents groupes rock, elle réussit à limiter tout contact physique à un baiser court et nerveux qu'elle fit aussitôt suivre d'un faux frisson.

— Il fait froid ici.

— Je peux mettre le moteur en marche si tu veux et allumer le chauffage.

— Non, on risquerait de mourir asphyxiés par l'oxyde de carbone.

— Est-ce que c'est possible quand on est dehors?

— Je ne sais pas, mais je préfère ne pas prendre de chance. Je dois bientôt rentrer de toute manière.

— Il est seulement onze heures.

— Il est déjà si tard? Il faut qu'on se dépêche alors. Ma tante est très sévère.

— Est-ce que Laurence doit rentrer à onze heures elle aussi?

— Non, mais elle a dix-sept ans. Ma tante m'a dit que quand j'aurai dix-sept ans, je pourrai rentrer plus tard.

— Et quand les auras-tu?

— Dans quelques mois.

— Aimerais-tu sortir avec moi un soir? Nous partirons tôt, comme ça tu pourras être rentrée à l'heure.

— D'accord. Téléphone-moi.

— Vendredi, ça te tente?

— D'accord. Ah non, attends, je dois emmener mon chat faire ses vaccins.

— Ah.

— Passe-moi un coup de fil un de ces jours.

— Tu voudrais venir chez moi voir mon matériel?

— Oui, c'est une bonne idée.

Elle réussit à le convaincre de la déposer simplement devant la maison. Une fois entrée, elle prévoyait monter directement à sa chambre et être endormie depuis longtemps lorsque Laurence rentrerait et déciderait de venir plaindre Valérie.

C'était sans compter sur tante Céline qui était assise par terre dans le salon en train de faire un casse-tête.

— Bonsoir, Valérie.

— Bonsoir et bonne nuit.

— Tu vas déjà te coucher?

— Oui, je suis un peu fatiguée.

— Pourrais-tu m'accorder une minute et m'aider à trouver où va ce morceau de ciel? Il doit y avoir pas moins de cent cinquante morceaux de ciel, tous exactement du même bleu.

— Je ne suis pas très forte pour les casse-tête.

— Tu seras toujours meilleure que moi qui ai déjà passé deux heures et demie là-dessus. Allez, sois gentille.

— D'accord, mais je t'assure, je ne vais sûrement pas t'être d'une grande aide.

Valérie retira son manteau, le jeta sur la première chaise venue et s'assit par terre à côté de sa tante.

— Je n'ai pas l'impression que tu aies avancé beaucoup. On dirait qu'il y a encore cent quarante-cinq morceaux de ciel.

— Je viens juste de le commencer. Mais regarde la clôture, je l'ai terminée. T'es-tu bien amusée au cinéma?

Valérie faillit dire «quel cinéma?». Elle se reprit juste à temps et répondit :

— C'était correct.

— Et où sont Laurence et Joël?

— Ils avaient faim ; ils sont partis manger quelque chose.

— Et ils t'ont laissé tomber?

— Non, on a rencontré un gars de l'école, David Cartier. C'est lui qui m'a raccompagnée.

— Tu n'as pas l'air de quelqu'un qui s'est amusée.

— C'était correct.

— J'ai bien l'impression que ce n'était pas si correct que tu le prétends.

— C'est-à-dire que nous sommes tombés sur un autre gars au cinéma, pas celui qui m'a reconduite, celui avec qui j'étais sortie l'autre soir. Il était avec une autre fille.

— Ça, c'est un sale coup, je te l'accorde.

— Eh oui, qu'est-ce qu'on peut y faire?

— Si tu tiens à ce garçon, tu pourrais te battre pour le récupérer. Si c'est juste une question d'amour-propre blessé parce que tu l'as vu avec une autre fille, le mieux serait de ravaler ta fierté et d'oublier toute cette histoire.

— Oublier toute l'histoire, c'est la meilleure chose à faire, il me semble, mais c'est un peu difficile.

— Qu'est-ce que ce morceau de clôture fait ici? Je pensais l'avoir terminée. À moins qu'il n'appartienne au clocher… Tu sais, si ça peut te consoler — et je sais bien que ça ne le fera pas — ce genre de chose arrive à tout le monde. Elle t'arrivera peut-être encore de nombreuses fois et toi-même, tu laisseras probablement tomber de nombreux gars. Ça fait partie du long processus de sélection par lequel tout le monde doit passer. Ou presque tout le monde. Je crois que les filles qui se marient avec le premier gars qu'elles rencontrent sont plutôt à plaindre.

« Toutes ces sorties entre garçons et filles, ces idylles, en plus d'être plaisantes, elles ont pour but de former des couples qui se marieront. Pour être marié à quelqu'un pendant cinquante ans, il faut l'aimer profondément, crois-moi. Et pour savoir qui l'on aime, il faut être en mesure de le comparer avec ceux que l'on n'aime pas. Et pour avoir suffisamment de points de comparaison, il faut sortir avec beaucoup d'hommes et, à moins d'être capable d'avoir vingt petits amis en même temps, de les aimer tous autant et de les rendre tous heureux, il te faudra rompre souvent. Ce qui veut dire que tu souffriras par moments. Ce soir, c'était une maldonne. Il y aura probablement d'autres malentendus mêlés à des expériences plus heureuses, et tout finira bien, espérons-le.

— Je ne crois pas être capable d'endurer une telle situation encore vingt fois.

— Ça ne se passera pas toujours comme ce soir. Il arrivera que ce soit toi qui te désintéresses de lui ou que tu rencontres quelqu'un d'autre. Et parfois aussi, vous réaliserez tous les deux que quelque chose ne va pas et vous laisserez votre relation mourir d'elle-même.

— Et si je tombe amoureuse d'une vingtaine d'hommes et qu'ils me laissent tous tomber?

— Ça voudrait dire que tu as un problème et, dans ce cas, nous en reparlerons le moment venu. Mais ça ne se passera pas comme ça, tu verras.

— Tante Céline, je crois que tous ces morceaux de ciel appartiennent à la mare.

— Comment peuvent-ils avoir l'idée de faire un casse-tête avec un ciel et une mare exactement de la même couleur? Je t'assure que ce jeu porte bien son nom. Il y a de quoi devenir fou.

— Je vais aller me coucher. Je t'aiderai demain, si tu veux. Je suis vraiment fatiguée.

— D'accord, je vais continuer ce casse-tête jusqu'à ce que Laurence arrive.

— Pourrais-tu ne pas lui parler de ce que je viens de te dire, s'il te plaît? Je n'ai pas tellement envie que la nouvelle fasse le tour de la ville.

— Bien sûr. Bonne nuit, ma biche.

— Bonne nuit, tante Céline.

Une fois au lit, Plumeau pelotonné dans le creux formé par les jambes repliées de sa maîtresse, Valérie se dit que sa tante avait probablement raison. Elle réalisa aussi qu'il était facile pour tante Céline de raisonner ainsi, sachant qu'elle avait vingt ans de plus, qu'elle possédait un mari, une maison et une profession, bref, que sa vie était réglée depuis bien longtemps. Et Valérie conclut de ses réflexions que ça ne l'avançait pas du tout que sa tante ait raison, puisqu'elle avait encore tant de moments difficiles à traverser.

CHAPITRE DOUZE

Valérie était certaine de deux choses. Premièrement, Laurence allait avoir beaucoup à dire sur Arnaud, Stéphanie Nadeau, la soirée et la manière dont Valérie s'était sortie de la situation (probablement mal, comme d'habitude). Deuxièmement, elle n'entendrait sans doute plus jamais parler d'Arnaud. Elle était un peu déçue de savoir que sa première idylle avait été un échec et surtout qu'elle s'était terminée d'une manière aussi embarrassante et publique. (En fait, seules Laurence et Charlotte étaient au courant, mais pour Valérie, c'était déjà trop).

Elle fut donc des plus surprises lorsque Laurence lui dit pendant qu'elles faisaient la vaisselle du déjeuner le dimanche :

— Ce n'est pas de chance ce qui s'est passé avec Arnaud. Mais ne te laisse pas abattre pour ça. Stéphanie a déjà fait le coup à plusieurs d'entre nous. C'est une vraie mangeuse d'hommes.

La seconde surprise eut lieu le mardi matin lorsque Valérie vit Arnaud qui l'attendait près de son casier.

— Bonjour.

— Bonjour.

— Je me disais que tu aimerais peut-être aller au cinéma.

— Je te remercie mais je dois être en classe-repère dans cinq minutes.

— Très drôle. Samedi soir, est-ce que ça te conviendrait mieux ?

122

— Qu'est-ce qu'on joue?

— Je n'en sais rien, quelle importance?

— C'est peut-être un film que j'ai déjà vu et que j'ai haï.

— Fais-tu exprès la difficile?

— Un peu, oui.

— Alors, on pourrait jouer ce jeu à deux. Je pourrais te dire, par exemple, que si tu veux venir, tant mieux, si tu ne veux pas venir, tant pis. Es-tu fâchée parce que je ne t'ai pas saluée à la soirée? J'ai voulu venir te parler mais j'étais occupé.

— C'est ce que j'ai vu.

— Tu avais l'air pas mal occupée toi aussi.

— Pas vraiment.

— En tout cas, tu avais l'air bien intime avec Cartier quand vous êtes partis.

— Je ne suis pas intime avec David Cartier.

— J'ai pourtant l'impression que lui le croit. Je l'ai entendu en parler hier dans le vestiaire.

— Ah.

— Veux-tu le contacter avant de me donner une réponse pour samedi?

— Non, non. C'est d'accord. À quelle heure?

— Je vérifierai l'horaire du cinéma et je t'appellerai cet après-midi.

— D'accord.

Jusqu'à présent, Valérie s'était imaginée que dès l'instant qu'elle sortirait avec un garçon, un grand nombre de ses problèmes disparaîtrait. Elle avait plutôt l'impression que ce n'était que la cause d'un autre paquet de problèmes. Elle n'avait même pas envisagé que ce pût être aussi compliqué : elle qui aimait bien Arnaud, Arnaud qui aimait bien Stéphanie Nadeau tout en aimant bien aussi Valérie, et ne trouvant, apparemment, rien de compliqué dans cette situation. Et David Cartier, dont elle se moquait comme de sa première dent, qui l'aimait bien et le criait sur tous les toits en prétendant que le sentiment était réciproque. Et Arnaud qui s'imaginait qu'elle aimait bien David, à moins qu'il n'essayât ainsi de la mettre au pied du mur. Elle n'était pas préparée, c'est certain, pour un tel imbroglio.

Et pendant les deux mois qui suivirent, la situation fut identique, toujours aussi compliquée, et Valérie finit par s'habituer à ne pas savoir sur quel pied danser.

Arnaud l'invitait à sortir, parfois deux week-ends de suite, puis, le week-end suivant, elle apprenait qu'il était sorti avec une autre fille (en général, mais pas toujours, Stéphanie Nadeau). C'était apparemment la manière d'agir de ce garçon et Valérie n'y pouvait pas grand-chose. Ou si elle y pouvait quelque chose, elle n'était pas assez sûre de ses sentiments à elle pour agir. Un instant, elle pensait être en amour avec lui. L'instant d'après, elle se demandait si elle n'était pas en amour seulement avec l'idée d'être en amour.

Dès qu'il apprit qu'elle aimait les raisins enrobés de chocolat, il lui en apporta un paquet chaque fois qu'ils sortaient ensemble. Elle ne savait jamais si c'était les raisins qu'elle aimait, ou lui parce qu'il avait été assez gentil de s'en rappeler, ou juste le fait que quelqu'un l'ait aimée suffisamment pour faire ce geste.

À d'autres moments, le plus souvent après une soirée au cours de laquelle il avait parlé pendant vingt minutes d'une stupide bagarre à l'eau dans le vestiaire comme si c'était la farce la plus comique jamais inventée, ou encore s'était vanté de ses talents de nageur, elle en venait à ne plus l'aimer du tout. Après quoi, s'il lui téléphonait pour l'inviter à sortir le samedi suivant, elle se disait qu'elle était peut-être trop difficile et elle acceptait. Et s'il la laissait sans nouvelles pendant une ou deux semaines, elle plongeait dans le désespoir le plus absolu, craignant qu'il ne lui téléphone jamais plus et concluant de tout cela qu'elle devait être en amour avec lui.

Venait ensuite le problème de David Cartier. Elle ne savait pas quoi faire avec lui. Par chance, il lui téléphonait toujours à la dernière minute, le jeudi ou le vendredi. Par conséquent, si elle ne s'était pas engagée avec Arnaud, elle acceptait de sortir avec David. Elle n'avait pas encore eu le courage de se servir des cinq ou six mensonges polis que Laurence lui avait conseillé de dire pour se débarrasser d'un gars gênant car David n'était pas tant gênant qu'ennuyeux comme la pluie.

Valérie n'arrivait pas à comprendre pourquoi il était si ennuyeux. Ayant enfin compris que ce sujet la jetait à coup sûr dans un état de somnolence, il ne lui parla quasiment plus de musique électronique. Il fit tous les efforts du monde pour leur trouver des points communs et chaque fois qu'il abordait un sujet intéressant, quel qu'il fût, David trouvait toujours le moyen d'être ennuyeux. Elle se dit que de sortir avec lui était une bonne pratique pour tous les hommes ennuyeux qu'elle risquait de rencontrer dans sa vie. Elle se sentait quelque peu coupable, cependant, car se servir de lui ainsi n'était pas très gentil.

Et voilà comment grâce à Arnaud, à David, et parfois à Laurence, Valérie fit son entrée dans la vie sociale de la polyvalente de Port-Louis. On ne l'invitait jamais seule néanmoins, elle accompagnait toujours un des trois ci-haut mentionnés.

À l'école, les jeunes commencèrent à la saluer dans les corridors, à lui demander comment elle allait et si elle avait réussi tel ou tel examen, mais aucun élève ne l'invita à s'asseoir à sa table au dîner ou à aller boire un Coke après la classe. Même Arnaud et David ne lui étaient d'aucun secours pendant la semaine. David était tellement studieux qu'au lieu de dîner, il étudiait dans la bibliothèque où il restait également jusqu'à cinq heures tous les jours. Avec Arnaud, c'était autre chose. Des saluts très indifférents qu'il lui adressait toujours suivis de peu ou de pas de conversation, Valérie conclut qu'il voulait garder ses distances, du moins en public. Bien qu'il l'eût emmenée à des soirées, il ne voulait pas que les gens pensent que c'était sérieux entre eux alors qu'il lui faisait croire le contraire, à en juger par les mots doux qu'il lui susurrait lorsqu'ils allaient au Belvédère. Elle n'y comprenait rien et cherchait de moins en moins à comprendre.

Elle ne pouvait même pas en discuter avec Laurence car celle-ci avait assez de ses préoccupations. Elles avaient encore leurs discussions tardives dans le grenier une ou deux fois par semaine et elles chahutaient chez le nettoyeur le samedi lorsque Grégoire avait le dos tourné. À l'école, cependant, Valérie ne voyait quasiment jamais sa cousine. Même dans l'auditorium, Laurence était habituellement sur la scène en train de répéter et Valérie dans les coulisses occupée à une tâche ou à une autre.

Grâce au théâtre justement, Valérie s'était fait, toute seule, deux copines : Miriam et Emmanuelle Dugas. Elles se retrouvaient souvent toutes les trois sur des travaux de peinture ou de couture pour la pièce. L'avantage avec Miriam et Emmanuelle, c'est qu'elles étaient drôles, intelligentes et passionnées de lecture comme Valérie. Elles commencèrent donc à échanger des livres de poche, ce qui leur permettait d'économiser de l'argent et, puisqu'elles lisaient les mêmes bouquins, d'en discuter tout en travaillant. L'inconvénient, c'est qu'elles étaient jumelles et partageaient une complicité de laquelle était exclue Valérie, et qu'elles étaient en secondaire III et n'avaient donc ni les mêmes cours ni la même heure de lunch que Valérie. Elle les voyait donc rarement en dehors de l'auditorium. À deux reprises, elle essaya d'organiser une sortie avec elles, mais à chaque fois, elles étaient occupées. Valérie attendit donc qu'elles prennent à leur tour l'initiative de l'inviter. Voyant qu'elles ne le faisaient pas, elle en fut un peu attristée et se dit que lorsqu'on a une jumelle, on n'a pas besoin d'autre compagnie.

Elle lui manquait parfois la camaraderie toute simple dans laquelle elle vivait avec ses copines à Morency. Au début de son séjour à Port-Louis, elle avait reçu trois lettres de Lucie, puis plus rien jusqu'à la fin du mois d'avril où elle trouva une lettre de sa copine un jour en rentrant de l'école. Elle monta la lire dans sa chambre :

Chère Valérie,

Ce n'est pas gentil, je le sais, d'être restée tout ce temps-là sans t'écrire. Pardonne-moi mais je n'avais rien de nouveau à te raconter. Cette fois-ci, j'ai des nouvelles toutes fraîches.

La première, c'est que Marion a remporté le troisième prix à l'expo-sciences. Elle avait préparé une grenouille transparente pour en montrer la circulation sanguine. Elle méritait bien un prix car elle a travaillé sur ce truc-là pendant trois mois et sa mère a failli la tuer parce que plein de sang artificiel avait coulé sur la moquette neuve pendant la nuit.

Comme toujours, rien de nouveau avec Béate, excepté qu'elle a eu deux tortues en cadeau à son anniversaire et qu'elle leur apprend des tours, d'après ce qu'elle nous a dit. Des fois, je trouve qu'il vaut mieux s'éloigner d'elle car elle est tellement ordinaire qu'elle en est déprimante.

Ariane, par contre, a un petit ami, ça c'est toute une nouvelle. C'est Jacques Vaillancourt. Tu le connais ? On n'entend plus que Jacques par ci, Jacques par là. Elle parle même de l'acné de ce gars comme d'un « déséquilibre hormonal », imagine. Il lui écrit des poèmes (tous plus mauvais les uns que les autres, elle nous les fait lire), et ils sont tout le temps ensemble, ils s'envoient même des baisers aux interclasses. Franchement, c'est à vous écoeurer.

Pour que tu ne m'accuses pas de jalousie, il faut que je te dise que je sors avec Daniel Mercier depuis quelque temps. Avant que tu ne te lamentes « Oh non, pas Daniel Mercier », je veux que tu saches qu'il s'est beaucoup amélioré depuis que tu es partie. Il ne porte plus le même sempiternel pantalon de velours côtelé vert et il ne laisse plus sa mère lui couper les cheveux. Je sais bien que ce n'est pas un apollon, mais il a un certain charme, tu ne trouves pas ? En tout cas, moi si.

Lorsque je dis que « je sors avec lui », je veux dire que nous sommes effectivement sortis ensemble cinq week-ends de suite, et j'espère qu'il aura le courage de m'embrasser samedi prochain (ça fait déjà deux semaines que j'espère la même chose).

Ce qui me plaît en lui, c'est qu'il me fait bien

128

rire et surtout qu'il aime ma musique. Il a assisté au concert il y a deux semaines, assis à la deuxième rangée.

À part ça, la vie a été plutôt monotone ici. J'ai bien hâte de te revoir cet été. En arrivant, il faudra que tu combles ton retard car nous avons toutes fait des progrès en matière de garçons cette année.

Ta copine, Lucie.

Valérie trouva la dernière phrase de sa copine amusante venant de quelqu'un à qui son petit ami serrait encore la main sur le seuil de la porte.

Cette lettre rappela à Valérie que son retour à Morency approchait. Il y a quelques mois, cette perspective l'aurait fait sauter de joie alors qu'aujourd'hui, ses sentiments à cet égard étaient partagés. Bien sûr, ses parents, Lucie, sa maison, sa chambre, tout cela lui manquait. Mais il s'était produit tellement de changements dans sa vie depuis qu'elle était ici que Morency semblait faire partie de son passé. Elle avait du mal à s'imaginer retourner à son ancienne vie, avec tous les règlements de sa mère qu'elle n'avait pas à suivre ici. Sans Arnaud. Peut-être sans emploi et sans l'argent supplémentaire auquel elle était habituée. Et peut-être sans Plumeau. Elle ne savait pas du tout si ses parents approuveraient l'emploi et le chat.

Après avoir ruminé ces doutes pendant deux jours, elle décida d'en parler à sa tante. Un après-midi donc, en rentrant de l'école, elle attendit que sa tante descende au sous-sol pour faire du cycle-exerciseur. C'était toujours un bon moment pour lui parler car elle s'ennuyait tellement, coincée pendant quinze minutes sur cet engin, qu'elle était prête à parler de n'importe

quoi. Valérie lui confia donc ses craintes au sujet de sa
mère.

— Je crois lui avoir mentionné ton emploi dans une
de mes lettres.

— Ça m'étonnerait parce que si elle le savait, j'en
aurais entendu parler.

— De toute manière, tu ne vas rien lui apprendre de
si extraordinaire. Tu as un chat, un ou deux petits amis,
un emploi et quelques idées d'indépendance, et après?
Ce n'est pas comme si tu avais pris des cours de para-
chutisme ou si tu avais adhéré à une secte.

— Tu as sans doute raison. Je me disais quand même
que je pourrais commencer à lui parler de tout ça dans
mes lettres, délicatement, pour lui éviter un trop grand
choc à mon retour.

— Tu vas avoir l'occasion de lui en parler plus tôt
que tu ne le penses.

— Que veux-tu dire par là?

— Nous voulions te faire une surprise.

— Tu sais, tante Céline, qu'il n'y a rien que je déteste
plus que les surprises.

— Elle va venir ici.

— Qui? Ma mère?

— Oui.

— Quand?

— Demain.

CHAPITRE TREIZE

Sa mère devait arriver à cinq heures à la gare routière. Valérie avait donc tout le temps de rentrer à la maison et de troquer le jean — qu'elle portait quasiment toujours pour aller à l'école — contre une jupe et un chemisier plus habillés.

En attendant l'arrivée de l'autocar, Valérie et sa tante s'assirent sur un banc.

— Es-tu contente? lui demanda tante Céline.

— Oui, mais très nerveuse.

— Ça fait combien de temps que vous ne vous êtes pas vues?

— Presque quatre mois.

— Elle ne te reconnaîtra pas, c'est sûr.

— C'est une des raisons pour lesquelles je suis nerveuse.

— Je suis certaine qu'elle sera contente que tu aies perdu du poids et que tu aies coupé tes cheveux. Ce n'est pas comme si tu t'étais fait tatouer tout de même.

— Je le sais, je me tracasse trop. Mais je suis certaine qu'elle s'attend à me retrouver exactement comme elle m'a quittée. Maman n'aime pas beaucoup les changements, quels qu'ils soient.

— Ce doit être de famille, Frank est pareil. Je viens de réaliser à l'instant que tu vas nous quitter bientôt.

— Oui, j'y pensais l'autre jour.

— Tu dois en être contente. Non, mais écoutez-moi. Si je te dis « Tu dois être contente de partir », tu vas te sentir obligée de me répondre « Mais non, tante Céline,

131

pas du tout, vous avez été formidables et ça va me fendre le coeur de partir». Oublie ce que je t'ai dit, d'accord?

— En vérité, vous avez été formidables. J'ai hâte de retrouver mon chez-moi et mes parents, c'est normal, mais vous allez beaucoup me manquer, oncle Frank, Laurence et toi et toutes les choses extraordinaires que j'ai faites avec vous. J'ai une vie agréable ici, beaucoup plus agréable que chez moi. Ce que je me demande, c'est si le changement est dû à l'environnement ou bien à moi. J'espère seulement pouvoir transférer à Morency un peu de ma nouvelle personnalité, celle que j'ai développée ici.

— Je ne doute pas que tu en sois capable. Tu aurais probablement changé cette année de toute manière, et le changement de lieu n'a fait qu'accélérer le processus.

L'autocar était arrivé et Valérie aperçut sa mère. Après les salutations et les embrassades, elle lui dit simplement :

— Tu as drôlement changé.

— Toi aussi, lui répondit sa mère.

— Qu'est-ce que tu as fait à tes cheveux? Et tu as bonne mine.

— Je les ai fait teindre. Un jour où je m'ennuyais, en me promenant, je suis passée devant un coiffeur et j'y suis entrée. J'avais envie de changer de tête. Et si j'ai bonne mine, c'est que j'ai mené pendant quatre mois une vie de rentière.

— Venez, vous parlerez dans la voiture. Laurence nous attend, elle a préparé un festin.

Le festin consistait en ailes de poulet à l'orange et beignets d'anchois. Valérie avait essayé, de manière diplomatique, de dissuader sa cousine de préparer ces mets excentriques et de s'en tenir à un rôti et des pommes de terre sautées, mais Laurence n'avait rien voulu savoir. C'était une occasion spéciale, avait-elle dit, qui méritait un menu spécial.

— De rentière? Tu ne fais rien du tout? s'étonna Valérie.

— Non, rien, puisque nous logeons à l'hôtel. Je visite les musées, je magasine, je m'achète beaucoup de livres.

— Et tu n'es pas déprimée?

— Au début, je l'étais, mais petit à petit je me suis habituée à la solitude et j'ai même pris goût à l'oisiveté. Je me suis acheté un appareil-photos et je me débrouille bien maintenant. J'ai pris beaucoup de photos. Quand je serai rentrée à la maison, je les trierai et je me ferai un album. Mais dis donc, tu es drôlement mince.

— Oui, j'ai maigri un petit peu. Tante Céline n'a pas de balance, alors je ne sais pas exactement combien de kilos j'ai perdus. Est-ce que je te plais comme ça?

— Je ne sais pas. Je t'aimais bien comme tu étais avant. Et comment te sens-tu?

— Bien, j'ai toujours eu une santé de fer, tu le sais.

— Je ne parlais pas de ta santé. Je voulais dire comment te sens-tu ici? Est-ce que ce n'est pas trop dur pour toi?

— Oh non, tout va bien.

— Je tenais à ce que tu saches que je suis très fière de toi d'avoir supporté cet éloignement. Même dans tes lettres, tu as toujours fait bonne figure.

— Tout va bien, je t'assure, c'est parfait.

— Tant mieux. Je voulais quand même te dire que j'ai cherché un moyen de te récompenser pour le sacrifice que tu as fait. Et je crois que je l'ai trouvé.

— Qu'est-ce que c'est?

Valérie n'essaya plus de convaincre sa mère que la

vie chez les Monnet n'avait pas été un châtiment cruel. Si sa mère songeait à la récompenser pour ce qu'elle croyait être des souffrances, Valérie était prête à jouer les martyrs plus longtemps.

— C'est une surprise. Je te dirai ce que c'est le moment venu.

Au souper, Valérie s'amusa à observer sa mère qui tentait de refuser très poliment une autre part de beignets d'anchois et d'ignorer les deux chiens qui mangeaient avec force bruits à l'autre bout de la table (une autre « idée géniale » de tante Céline pour que les chiens sentent qu'ils faisaient partie de la famille). Plumeau, qui aurait pu manger avec eux mais préférait son assiette par terre, avait fait quelques apparitions à la cuisine mais madame Arcand ne l'avait pas remarqué. Valérie avait l'intention de le présenter à sa mère un peu plus tard dans la soirée.

Laurence était particulièrement bavarde et elle conta à la mère de Valérie ses projets de théâtre à Montréal. Madame Arcand lui répondit poliment mais Valérie ne manqua pas de remarquer le sourcil levé de sa mère qui signifiait qu'elle voyait le départ de sa nièce pour Montréal comme un pas vers la débauche. Aussitôt le repas terminé, Laurence se leva de table et annonça qu'elle allait étudier chez son petit ami pour un examen.

— Ne m'attends pas pour te coucher, maman. J'ai tellement de retard que ça va sûrement me prendre jusqu'à deux heures du matin.

— N'allez-vous pas déranger ses parents de rester aussi tard ? demanda la mère de Valérie.

Valérie savait très bien que le sommeil des parents de Joël n'était pas ce qui inquiétait sa mère.

— Non, pas du tout. Nous allons étudier dans sa chambre. Ils ne sauront même pas que nous sommes là.

Valérie jubilait. Si les Monnet avaient comploté d'offusquer sa mère, ils n'auraient pas fait mieux. Valérie se dit que, puisqu'elle avait accepté les changements mineurs qu'avait subis sa fille, sa mère était probablement prête à accepter que Valérie ramène un orang-outang chez elle, qu'elle fréquente des hommes mariés et qu'elle ait un emploi de serveuse «topless». C'est ce que Valérie croyait avant qu'elles ne montent dans sa chambre un peu plus tard.

— Ce que c'est mignon ici et intime, dit sa mère tout en scrutant le grenier que Valérie avait mis deux heures à ranger la veille.

— Intime, pas trop, répondit Valérie. On pourrait y loger facilement six éléphants.

— Je voulais dire que l'atmosphère est intime, pas l'espace. Qui est-ce? Un de tes camarades de classe?

Oh non! Pendant deux heures, Valérie avait passé la chambre au peigne fin, elle avait pris garde de cacher sa boîte de maquillage et sa pile de romans policiers, et elle avait oublié d'enlever la photo d'Arnaud posée sur sa commode. Arnaud, le «camarade de classe» qui avait écrit «Je t'aime» dans le coin droit de la photo.

Et c'est ainsi que commença la confrontation que Valérie avait tant redoutée.

— Oui, c'est juste un garçon de l'école, répondit-elle.

— Il a l'air de bien te connaître.

— On sort ensemble des fois, tu sais.

— Non, je ne sais pas. Je ne savais pas que tu fréquentais des garçons. Céline te laisse sortir le soir?

— Oui.

— Et pourquoi ne m'en as-tu pas parlé dans tes lettres?

— Ça a dû me sortir de l'idée.

— Tu t'imagines que je vais croire ça?

— Je n'ai pas une longue ligne de prétendants qui m'attendent dehors. Je sors avec le gars de la photo et avec un autre. Et il n'y a rien de sérieux ni avec l'un ni avec l'autre. Ils sont tous les deux très gentils. Tante Céline les connaît et elle les trouve bien. Je t'en aurais parlé mais je ne voulais pas te le dire dans une lettre ; tu aurais pu croire que c'était plus sérieux que ça ne l'est vraiment et tu te serais fâchée. Es-tu fâchée?

— Je le suis, oui, que tu m'aies caché des choses. Si je suis fâchée que tu aies un petit ami, ou deux même? Non, je ne le crois pas. Tu as seize ans après tout. Je suis simplement surprise que tout cela se soit passé sans que je le sache. J'avais cru que ce serait quelque chose qui arriverait chez nous, que nous en parlerions, que ton père et moi aurions pu connaître les garçons que tu aurais rencontrés. Ce n'est pas que je doute du jugement de Céline. J'ai seulement la sensation désagréable que tu as grandi loin de moi et que tu as une nouvelle vie dont je ne sais rien.

— Et qui m'a imposé cette nouvelle vie, si ce n'est pas toi?

— Tu continues avec ça, Valérie? Tu n'es qu'une victime des circonstances. Je n'ai pas fait cela par méchanceté et j'en ai assez que tu me fasses passer pour une mère ignoble.

— J'ai dépassé ce stade depuis longtemps. Ce que je voulais dire, c'est que tu ne peux pas m'expédier comme ça — même pour un motif valable — dans un environnement totalement nouveau, m'y laisser pendant plusieurs mois, et ne pas t'attendre à ce qu'il y ait eu des changements dans ma vie.

— *Des* changements. As-tu d'autres surprises pour moi?

— Oui, quelques petites.

— Comme quoi, par exemple?

— Comme celle-ci qui est blottie dans le coin là-bas.

Valérie regarda sa mère se diriger vers Plumeau et le toiser, d'une distance prudente. Le chat, plus intelligent que ne l'aurait cru Valérie, s'assit et toisa lui aussi madame Arcand. Après environ une minute d'observation mutuelle, Plumeau céda. Il se coucha sur le dos et resta ainsi les quatre pattes en l'air en ronronnant.

— Il veut que tu lui grattes le ventre, dit Valérie à sa mère.

— S'il compte sur moi, il va attendre longtemps.

— Tu ne l'aimes pas?

— Je n'ai rien contre lui personnellement. Mais je ne supporte pas les chats.

— Est-ce que je pourrais le garder?

— Tu veux dire l'amener à la maison? Certainement pas!

— C'est moi qui m'en occuperai, je lui donnerai à manger et tu ne le trouveras jamais dans tes jambes, je te le promets. Il est habitué à moi. Ça lui briserait le coeur si je le laissais ici.

— Il faudra qu'il s'en remette parce qu'il n'est pas question qu'il mette une patte dans ma maison. À présent que tu le sais — je me demande d'ailleurs comment tu as pu croire un seul instant que j'allais accepter d'avoir un chat — tu pourras lui annoncer la nouvelle avec douceur.

— Comment peut-on annoncer une nouvelle à un chat avec douceur?

— Ça, c'est ton problème. Tu aurais dû y penser plus tôt. Avant de te le procurer.

— Je ne me le suis pas procuré. C'est tante Céline qui me l'a donné et je n'ai pas eu mon mot à dire. Et maintenant que j'y suis très attachée, tu veux que je m'en débarrasse? C'est injuste.

— Il y a beaucoup de choses injustes dans la vie. Il est temps, je crois, que tu l'apprennes.

Valérie se leva pour prendre Plumeau, elle le posa sur son lit et tout en le caressant, elle essaya de trouver des arguments pour la défense de son chat. Sa mère s'assit à la chaise de bureau.

— À part ça, quoi de neuf? demanda-t-elle à sa fille, et Valérie comprit que le sujet du chat était clos.

— Rien, répondit Valérie, se disant que ce n'était pas le moment d'annoncer à sa mère qu'elle avait un emploi chez un nettoyeur.

— Et tes études, comment ça va?

— Bien.

— Valérie! Je suis ici pour bavarder avec toi, pas pour t'interviewer.

— Je t'assure, je n'ai rien de spécial à dire.

— Écoute, je suis morte de fatigue. La journée a été longue. Je n'ai pas le goût de rester là à te poser des questions auxquelles tu réponds par des monosyllabes. Je vais me coucher. Tu auras peut-être arrêté de bouder d'ici à demain. Je voulais t'emmener magasiner. Tu pourras me dire ce que tu en penses demain matin.

— Il y a école demain.

— J'ai pensé puisque c'est ma seule journée ici que tu pourrais manquer l'école. Mais bien sûr si tu préfères ne pas…

— Non, non. Je préfère encore magasiner qu'aller à l'école.

Ce n'était pas ce qu'elle était supposée dire, Valérie le savait bien. Elle aurait dû dire à sa mère qu'elle avait très envie de passer la journée avec elle. Il n'était pas question qu'elle lui fasse ce plaisir car Valérie en vou-

138

lait à sa mère, pas tant de ne pas la laisser garder Plumeau que de n'avoir tenu aucun compte des sentiments de sa fille. Valérie savait qu'elle allait devoir retourner chez elle, elle le voulait aussi. Elle avait le goût de retrouver ses parents, elle les aimait et était prête à obéir à leurs règles. Leur obéir ne voulait pas dire pour autant qu'elles devaient lui plaire.

Elle regarda donc sa mère sortir du grenier sans un bonne nuit. Tout en se déshabillant, elle mit au point un plan pour réussir à convaincre Lucie de prendre Plumeau chez elle afin qu'elle puisse le voir. Puis, dans un an, lorsqu'elle irait au cégep, elle pourrait peut-être le reprendre.

Sa mère n'avait pas parlé d'interdiction de sortir une fois de retour à Morency, c'était déjà ça. De toute manière, une fois à Morency, il se pouvait fort qu'aucun garçon ne l'invite à sortir. Valérie se dit donc qu'il était inutile de s'en soucier pour l'instant.

Valérie avait cru que leur magasinage arrangerait les choses entre elle et sa mère. Elle n'avait pas songé une minute que cette sortie allait tourner en une autre bataille. Auparavant, faire du magasinage avait toujours été une de leurs sorties les plus agréables ensemble. Ça, c'était avant, quand Valérie laissait sa mère choisir des vêtements pour elle, le style qui lui convenait, les articles les mieux confectionnés et les plus durables. À présent que Valérie avait goûté à l'indépendance, elle n'avait plus l'intention de se contenter de servir de mannequin pour exhiber le goût de sa mère.

L'objet du litige était une robe-chasuble bleue et rouge, de bonne qualité, sans aucun style — ce qui lui permettait de ne pas se démoder et d'être portée pendant des années —, un bon achat en quelque sorte (selon les critères de madame Arcand). Le seul problème, c'est que Valérie détestait cette robe et qu'elle ne voudrait jamais la porter.

— Elle est très jolie, s'extasia sa mère tout en s'affairant autour de Valérie dans la salle d'essayage.

— Elle l'est, mais… crois-tu que ce soit mon style ?

Valérie avait choisi ses mots avec soin pour ne pas choquer sa mère.

— Bien sûr que c'est ton style. Elle te va à ravir.

— Oui, mais ce n'est pas tout à fait ce que portent les filles ici.

— Quelle importance ? Tu ne vas plus être ici pour très longtemps de toute manière.

— Justement, je ne sais pas ce qui se porte à Morency présentement et je crois que je ferais mieux de ne pas m'acheter trop de vêtements.

— Ce n'est pas trop de vêtements. C'est juste une jolie robe-chasuble, classique, qui sera toujours à la mode ici, à Paris ou ailleurs.

Valérie fut sur le point de céder. Ç'aurait été la solution la plus facile car elle n'avait aucune envie de créer une chicane la seule journée, depuis des mois, qu'elle voyait sa mère. Mais, d'un autre côté, c'était stupide d'acheter ce vêtement alors qu'elle savait très bien qu'elle ne le porterait pas. Cette robe faisait tellement petite fille qu'elle allait très bien avec des couettes et une boîte à lunch. Elle aurait pu laisser sa mère la lui acheter et prétendre que la robe s'était perdue chez le nettoyeur, mais elle mentait très mal. Ce qui l'incita à tenir tête à sa mère n'avait rien à voir avec la logique. Un sentiment qu'elle ne comprenait pas très bien la poussait à s'affirmer et à dire à sa mère qu'elle ne voulait pas de cette robe.

— Je ne la veux pas.

— Quoi?

— Elle est jolie et tout ce que tu voudras, mais ce n'est pas mon style et je ne la porterai probablement pas si tu me l'achetais. Je tenais à être honnête avec toi pour que tu ne gaspilles pas ton argent pour rien.

— Je vois.

— Je ne voulais pas te choquer, mais je préfère te dire la vérité.

— Et quels sont tes goûts à présent en matière d'habillement? Je ne savais pas que tu en avais.

— Je commence à en avoir, oui. J'aime les robes bain de soleil qu'on a vues dans l'autre rayon.

— Elles font tellement ordinaires et bon marché, Valérie.

— C'est juste pour l'été, pour le plaisir. Une robe bain de soleil n'a pas besoin d'avoir l'air chic et coûteuse à moins qu'on ne la porte sur un yacht.

Elles restèrent un long moment sans parler. Finalement, sa mère ramassa son sac à main de la chaise qui se trouvait dans la salle d'essayage en disant :

— Je crois que je n'étais pas préparée à ça.

— À quoi? À ce que je veuille m'acheter une robe bain de soleil?

— Mais non, voyons. À ce que tu aies tellement changé. Je sais bien qu'il n'y a pas de mal à ce que tu veuilles t'acheter une robe bain de soleil ou à ce que tu refuses la robe-chasuble que j'ai choisie. Mais tu ne m'aurais pas tenu tête pour cela il y a seulement quelques mois. En vérité, je ne me souviens pas que tu m'aies jamais tenu tête pour quoi que ce soit. Tu as tellement changé. Tu as des opinions maintenant. Tu as l'air si indépendante.

— Est-ce mal?

— Non, mais j'étais habituée à ce que tu dépendes de

moi. D'un autre côté, je préfère que tu sois une adulte indépendante. Tu viens juste de commencer la transition, je suis arrivée au beau milieu du processus et ça me fait un peu peur. Mais je vais m'y faire, je vais essayer en tout cas. Bon, rhabille-toi donc et rejoins-moi au rayon des robes bain de soleil. Nous allons voir si nous pouvons trouver quelque chose qui a de l'allure.

— Maman?

— Oui?

— Merci.

Tout en se rhabillant, Valérie se sentit bien. Elle était reconnaissante à sa mère de lui avoir cédé. Et elle était fière d'elle-même. Plus que le fait qu'elle lui ait acheté une robe bain de soleil super au lieu d'une robe-chasuble vieux jeu, ce qui était important, c'est que sa mère ait vu que Valérie avait changé et qu'elle ait fait l'effort d'accepter ces changements. Et le plus important de tout, c'est que, pour la première fois de sa vie, Valérie avait eu le courage de se défendre et de dire : « Hé, j'existe. Je suis moi et personne d'autre. » Et quelqu'un l'avait écoutée et avait reconnu : « C'est vrai. Tu es toi et personne d'autre. »

CHAPITRE QUATORZE

Après avoir accompagné sa mère à l'autocar, Valérie se rendit à la buanderie se repasser un chemisier pour le lendemain. Il était tard et Laurence, qui venait juste de rentrer, vint la voir et lui demanda :

— Alors, comment ça s'est passé ?

— Pas mal.

— Tu n'avais pas l'air trop nerveuse ni trop embêtée ?

— Non, c'était plutôt agréable. Je savais que j'allais avoir du plaisir à la revoir mais j'avais peur de lui annoncer tous ces changements et je craignais sa réaction. Il y a eu quelques petits problèmes malgré tout.

— Oui, maman m'a dit que tu ne pourrais pas garder ton chat.

— J'essaie de trouver une solution pour ça. Et pour le reste, je crois que c'était un bien qu'elle soit venue. Je crois qu'elle ne s'attend plus maintenant à retrouver la même fille qu'elle a quittée. Je sais bien que je serai moins libre là-bas que je le suis ici, mais j'ai ouvert la voie aux négociations. Avant, ce sont eux qui faisaient la loi et moi j'obéissais. J'avais peur d'être obligée de retourner à cette vie, mais je crois que ça va changer.

— Et la surprise, c'est quoi ?

— C'est une belle surprise. Mon père va terminer son contrat à Vancouver. Ils seront donc là-bas en juin et je dois les y rejoindre aussitôt la fin des classes. Nous y resterons plus d'un mois, c'est chouette, hein ?

— Oui, extra.

— Où étais-tu? Est-ce qu'il y avait une répétition ce soir?

— Non, j'ai oublié de te dire. Je fais partie du comité pour le bal de graduation.

— La graduation? Déjà?

— Non, ce n'est pas avant fin mai, mais à les entendre parler dans ce comité, on croirait que c'est le week-end prochain. C'est vrai que ça leur prend tellement de temps pour se mettre d'accord sur chaque petit détail qu'il faudrait presque reporter le bal en août. Cette réunion de ce soir a duré trois heures et tout ce que nous avons décidé, c'est du thème de la soirée et de la saveur du jus de fruits.

— Et alors? Ne me tiens pas en suspens.

— Le thème est le suivant : « Sables dorés », un genre de truc polynésien. Tout ce que ça signifie, c'est que les paniers de basket-ball vont être cachés par des faux cocotiers. Et la saveur du jus de fruits, comme tu pouvais t'y attendre, sera « Cocktail tropical ».

— Est-ce que c'est un événement important ici la graduation?

— Oui, très important.

— Je devrais peut-être m'inquiéter dès maintenant de savoir si on va m'inviter.

— Tu n'as pas à t'inquiéter. Arnaud va t'inviter, c'est sûr.

— Il n'y a jamais rien de sûr avec Arnaud.

— As-tu réussi à pénétrer son mystère?

— Je ne le trouve pas mystérieux du tout. Primo, il n'est pas tellement brillant. Je ne veux pas dire que c'est un crétin, mais ce n'est pas non plus un grand penseur. Il agit le plus souvent par impulsions. Il me trouve intelligente et drôle, par conséquent, lorsqu'il veut s'amuser, il me téléphone. Quand il veut se montrer au bras d'une beauté ou aller au Belvédère se bécoter pendant quatre heures, il appelle Stéphanie. J'aime bien aller au Belvédère moi aussi pour bavarder, et l'embrasser ; on est seuls, c'est agréable. Mais une fois, il m'y a emmenée et nous y sommes restés toute la soirée et j'ai dû me battre avec lui parce qu'il était trop entreprenant. Je n'aime pas ça et je le lui ai dit. Pour ses élans enflammés, il n'a qu'à prendre Stéphanie.

— Mais est-ce que tu éprouves des sentiments pour lui ?

— Tantôt oui, tantôt non. Parfois, je me dis que je l'aime trop pour ce qu'il m'aime lui. Ensuite, je me dis que je l'aime trop peu alors qu'il est fantastique avec moi. En fait, je crois que ce que je ressens pour lui n'a rien à voir avec lui. Tu sais qu'avant de venir ici ma vie amoureuse était réduite à zéro. Arnaud est mon premier petit ami, alors en dehors de ce qu'il est ou de ce qu'il n'est pas, ce que j'aime, c'est avoir un petit ami, un point c'est tout. J'aime être assez intime avec un garçon pour être capable de lui parler, d'avoir des vraies conversations. Je ne sais pas si tu comprends bien ce que je veux dire. De toute manière, il faudra bien que je règle la question dans deux mois car je le vois mal prendre l'autocar chaque fin de semaine pour venir me voir.

— Je n'y avais jamais pensé mais tu es dans une situation analogue à la mienne avec Joël. Une idylle sur le point de s'achever. Ça facilite les choses finalement.

— Que veux-tu dire par là ?

— Quand j'ai pris la décision d'aller à Montréal, toutes les questions que je me posais, si je devais me marier ou non avec Joël, etc., se sont envolées. Maintenant, je sais que nous serons ensemble seulement jusqu'à l'automne et je ne m'en fais plus. Je vis notre relation au jour le jour.

— C'est un peu ce que je vis aussi, c'est vrai.

— Ne t'en fais pas, il t'invitera au bal de graduation.

Il ne le fit pas. Il invita Stéphanie Nadeau. Un jour, après le cours d'éducation physique, Valérie entendit Stéphanie demander à une de ses amies si elle voulait sortir à quatre avec elle et Arnaud. Sachant que Valérie était là, elle avait fait exprès de donner amples détails sur la couleur du smoking qu'Arnaud allait porter, sur la fleur qu'elle devait lui acheter pour sa boutonnière, et sur le restaurant où ils allaient manger après le bal. Un point pour Stéphanie.

Elle ne pouvait pas en vouloir à Arnaud. Il savait qu'elle allait partir bientôt. S'il l'avait invitée, ç'aurait été un beau geste d'adieu. En invitant Stéphanie, il s'assurait un placement pour l'avenir, ou au moins pour l'été. Elle se répéta cent fois que ça n'avait pas d'importance. Qu'y avait-il de si agréable à danser toute une soirée dans un gymnase où elle faisait de la gymnastique plusieurs fois par semaine? En outre, elle allait sauver l'argent qu'elle aurait dû dépenser pour s'acheter une robe qu'elle n'aurait mise qu'une fois. Et elle n'aura pas à craindre pendant des semaines de passer pour une empotée sur la piste de danse.

Elle fut incapable de comprendre pourquoi, même après s'être dit toutes ces choses raisonnables, objectives et vraies, elle était quand même malheureuse qu'il ne l'ait pas invitée.

Depuis quelque temps, ça lui arrivait constamment, soit de s'en faire pour des futilités, soit de ne pas se tracasser pour des choses importantes. Un bon exemple en était son cours de géométrie pour lequel elle n'avait pas étudié depuis trois semaines et auquel elle était pratiquement certaine d'échouer. Puisque ce E allait être le

146

premier de sa vie, ses parents allaient se choquer, c'est sûr. Elle aurait dû s'en inquiéter, et chose curieuse, elle s'en moquait totalement.

Valérie était tour à tour parfaitement heureuse, horriblement malheureuse ou dangereusement insouciante. Elle semblait ne plus jamais retrouver un juste équilibre mais sauter constamment de l'exaltation à l'abattement le plus extrême. Elle en fit la remarque un soir à sa tante, qui lui répondit ceci :

— Je crois que l'on perd notre équilibre à quinze ans et qu'on ne le retrouve pas avant trente ans.

Valérie se demanda si sa tante avait parlé sérieusement, car si elle devait vivre encore quatorze ans de cette instabilité, elle risquait fort de finir à l'hôpital psychiatrique.

Deux semaines avant le bal de graduation — ce qui était prévisible puisque cela correspondait à deux jours avant la sortie d'un week-end — David Cartier l'invita à y aller avec lui. Depuis des semaines, elle était tellement malheureuse d'entendre Laurence et toutes les autres filles préparer leur soirée de graduation qu'une invitation lui paraissait aussi désirable et aussi inaccessible que le titre de Miss Monde ou le Prix Nobel.

Elle avait même envisagé que David allait l'appeler et que s'il le faisait, elle lui dirait oui. Elle fut donc la première surprise de s'entendre lui répondre qu'elle aurait bien aimé aller au bal mais qu'elle ne le pouvait pas car elle allait à Montréal avec sa tante ce week-end-là. C'était un mensonge, et pour comble de malchance, sa tante passait justement par là lorsque Valérie était en train de le dire à David.

Après que Valérie ait raccroché, sa tante vint la voir dans le vestibule et lui dit :

— N'oublie pas de me rappeler de faire réviser l'auto

avant d'aller à Montréal.

— Je regrette que tu aies entendu ça. J'aurais préféré que personne ne sache de quelle manière stupide je mène ma vie.

— Pourquoi as-tu refusé?

— Je ne sais pas trop. Ces temps-ci, je n'ai pas la moindre idée de ce qui me pousse à agir comme je le fais. Il m'a semblé ridicule d'aller à ce bal avec un gars qui m'est totalement indifférent. Et ce serait injuste pour lui en plus. Il doit louer un smoking, payer les billets d'entrée et le souper. S'il y va, ce devrait être avec une fille qui a envie d'y aller avec lui, pas avec une qui a envie d'aller au bal avec n'importe qui. Est-ce que ça a du sens?

— Oui, c'est plein de bon sens.

— Je te demande pardon mais la première excuse qui m'est venue à l'esprit, c'était Montréal.

— Il me semble que si tu lui as dit que tu allais être à Montréal ce week-end, il vaudrait mieux que tu sois à Montréal ce week-end. Tu n'aimerais pas que l'on découvre ton mensonge.

— Je doute fort qu'il vienne vérifier si je suis à la maison ce soir-là.

— Non, bien sûr. Mais puisque je t'ai promis ce voyage depuis longtemps, on pourrait le faire ce week-end justement. Je te paie l'hôtel et toutes les dépenses. As-tu mis de l'argent de côté pour t'acheter des vêtements?

— Oui, j'ai déjà 150 dollars et d'ici là, j'en aurai plus.

— Formidable. Alors, qu'en dis-tu?

— Je dis que tu mérites d'être nommée la «tante de l'année».

Jamais en deux jours, Valérie n'avait eu autant de plaisir qu'au cours de son escapade à Montréal avec sa tante. Elles étaient parties de Port-Louis le vendredi après l'école et étaient arrivées à l'hôtel à huit heures. Aussitôt arrivée, tante Céline avait téléphoné à une de ses amies d'université, Agnès, avec qui elles devaient souper.

Dans le petit restaurant indien où elles s'étaient donné rendez-vous, les deux jeunes femmes se retrouvèrent avec grand plaisir et s'émerveillèrent mutuellement de ce qu'elles paraissaient «si jeunes», ce qui porta Valérie à se demander à partir de quel âge une femme éprouve l'envie qu'on lui dise qu'elle fait plus jeune qu'elle n'est.

Devant un repas de *biryani*, de riz *basmati* et de *naans*, Agnès et tante Céline se remémorèrent des souvenirs de leur jeunesse, l'intensité de leurs rires augmentant proportionnellement aux verres de vin qu'elles buvaient. Valérie les écouta d'une oreille distraite et s'occupa, d'abord en savourant une cuisine qu'elle ne connaissait pas, ensuite en observant les gens autour d'elle.

Le samedi matin, après avoir pris leur déjeuner à l'hôtel, elles passèrent toute la journée à magasiner sur la rue Sainte-Catherine. Valérie n'avait pas assez de ses deux yeux pour observer ce qui se passait autour d'elle : les gratte-ciel, les embouteillages et la foule bigarrée qui déambulait dans la rue, du jeune punk à la femme élégante. Elle n'avait jamais habité dans une grande ville et elle se demanda si c'était agréable de vivre dans une place semblable, tellement populeuse et toujours en effervescence.

Elle s'acheta deux chemisiers, un jean, un sac à bandoulière en toile et une paire de sandales.

Après s'être changées à l'hôtel, Valérie et tante Céline se rendirent dans un restaurant français tellement chic que Valérie apprécia que le serveur ait eu la délicatesse de déposer l'addition sens dessus dessous pour qu'elle n'ait pas à savoir ce que ce repas avait coûté à sa tante.

— Nous aurions peut-être dû aller chez Harvey's, supposa Valérie.

— Pourquoi?

— Je ne voudrais pas que tu te ruines pour me faire plaisir.

— Je me fais plaisir à moi aussi, tu sais. Ça faisait bien longtemps que je n'avais pas eu autant de plaisir. Je n'ai pas tellement l'occasion de sortir. À ton avis, est-ce que j'ai bien fait d'acheter cette combinaison? Elle est originale, tu ne trouves pas?

— Elle l'est et, en plus, elle te va comme un gant.

Valérie fut flattée que sa tante lui demande son opinion. La journée qu'elle venait de passer, la grande ville, le luxe du restaurant et le vin qu'elle avait bu du verre de sa tante, grâce à tout cela, elle se sentit très adulte. Jusqu'à présent, être adulte avait été pour Valérie une perspective qui lui faisait peur. Elle fut donc un peu surprise de voir combien il était facile et agréable de l'être.

Après souper, elles allèrent voir une pièce de théâtre tellement épouvantable qu'elles passèrent tout leur temps à rire même aux endroits qui n'étaient pas supposés être comiques.

— Mon Dieu, j'espère que Laurence ne tirera pas le diable par la queue pendant cinq ans pour en arriver à jouer dans une pièce aussi mauvaise, dit tante Céline en sortant du théâtre.

Le dimanche, après être allées visiter un musée, tante

Céline déclara qu'il était temps pour elles de prendre la route.

— Tu veux arriver pour le souper? lui demanda Valérie.

— Non, c'est plutôt qu'il ne me reste plus que vingt dollars, juste assez pour l'essence. Si la voiture tombe en panne, il faudra que tu nous pousses jusqu'à Port-Louis.

Sur le chemin du retour, elles parlèrent un moment de ce qu'elles avaient fait ou vu pendant le week-end. Valérie se perdit ensuite dans ses rêveries. Ces quelques mois passés à Port-Louis l'avaient métamorphosée, elle venait de vivre un week-end à Montréal différent de ce qu'elle connaissait jusqu'à présent, dans quelques mois, elle allait découvrir Vancouver et dans un an, le cégep. Grâce à ces expériences passées et futures, son retour à Morency ne lui sembla plus être un handicap.

Même si, une fois retournée là-bas, aucun garçon ne l'invitait à sortir, et sa mère lui imposait de nouveau ses règles, et Lucie et ses copines étaient trop occupées par leurs amours pour lui accorder du temps, elle n'aurait à endurer cette situation que pendant un an. Même si elle était l'ancienne Valérie, elle serait capable de supporter l'année en se remémorant les souvenirs de ses jours heureux à Port-Louis et en songeant aux bons moments qui l'attendaient au cégep. Mais elle n'était plus l'ancienne Valérie. Elle était différente, elle avait changé pour le mieux et, grâce à cela, les choses à Morency seraient elles aussi différentes, elles changeraient également pour le mieux.

Comme toujours, à force de réfléchir, elle s'endormit. Lorsqu'elle se réveilla, elles étaient presque rendues à destination. Elles arrivèrent juste au moment où

Laurence commençait à préparer le souper. Elle voulut tout savoir de leur voyage. Tante Céline et Valérie s'assirent donc avec elle et, pendant qu'elle travaillait, elles lui contèrent tout en détail. Valérie prit le bouquet de fleurs que Laurence avait porté la veille sur sa robe de soirée et qui était posé sur la table. Elle le sentit et fut étonnée de ne pas éprouver le moindre regret.

CHAPITRE QUINZE

Le samedi suivant, eurent lieu la dernière représentation des *Dix Petits Nègres* (qui avait d'ailleurs été un succès triomphal) et la soirée organisée pour la troupe de théâtre, au cours de laquelle Valérie expliqua à David Cartier pourquoi elle avait refusé son invitation au bal de graduation et lui demanda de ne pas lui en vouloir. La soirée se termina très tard. Le lendemain, le dimanche, Arnaud téléphona à neuf heures, faisant ainsi lever une Valérie aux yeux encore pleins de sommeil.

— Es-tu sortie? lui demanda-t-il.

— Je ne me suis pas encore réveillée.

— Bon, alors sors sur le perron.

— As-tu perdu la tête?

— Peut-être. Pourrais-tu sortir sur le perron?

— D'accord, j'y vais.

Elle ouvrit la moustiquaire et trouva un seau et une pelle d'enfants. Sur le côté du seau, était collée une note qui disait :

Je me suis levé à sept heures et j'ai découvert que l'été était arrivé pendant la nuit. Aimerais-tu passer le premier jour d'été à la plage avec moi ?

Elle retourna au téléphone et lui demanda :

— Quand peux-tu venir me chercher?

— Je te donne le temps de te réveiller, de déjeuner et de trouver de la lotion solaire. Disons, dans une heure?

— Parfait.

Ils ne partirent finalement qu'à onze heures trente.

Arnaud téléphona une première fois pour l'aviser que son père lui avait demandé de tondre le gazon. Il retéléphona pour lui dire qu'il s'arrêtait acheter des boissons gazeuses et pour lui demander si elle pouvait préparer quelques sandwiches.

Lorsqu'ils arrivèrent enfin à la plage, elle grouillait déjà de monde, ce qui était parfait car la raison principale pour laquelle on allait au lac Cristal, c'est justement parce que tout le monde y allait. Tous les élèves de secondaire IV et V étaient là (excepté Laurence et Joël car celui-ci devait remplacer le carburateur de son auto).

— Il faut que nous trouvions Sylvain, dit Arnaud, c'est lui qui a le frisbee.

Ils enjambèrent les corps badigeonnés de lotion solaire étalés sur les serviettes, trébuchèrent contre les glacières, saluèrent de vagues connaissances et rejoignirent enfin Sylvain installé au bord de l'eau.

— Vous avez vu ça? Comme dans les films de science-fiction, on dirait que des extra-terrestres sont venus pendant la nuit et ont ordonné aux cerveaux de tous les humains âgés de quinze à dix-huit ans de venir à la plage.

Valérie passa un après-midi voluptueux entre les bains de soleil, les baignades avec Arnaud, les hot-dogs et les Coke.

Il y eut une seule ombre au tableau. Alors que Valérie et Arnaud se faisaient sécher au soleil déclinant de fin d'après-midi, Stéphanie Nadeau s'approcha d'eux, secoua ses longs cheveux blonds sur Arnaud et lui donna doucement des coups de pied dans les côtes en lui disant :

— Hé, chéri, tu veux jouer au frisbee avec moi?

L'apogée de la journée eut lieu au moment où

Arnaud lui répondit :

— Je te remercie de ton invitation mais je m'apprêtais justement à aller me promener sur la plage avec Valérie.

Ce disant, il prit Valérie par la main, se leva et l'aida à se lever, et se mit à courir sur la plage en la tirant derrière lui.

Lorsqu'ils atteignirent une anse déserte entre des rochers, il se laissa tomber sur le sol, l'attira vers lui, la prit par la taille et la fit rouler avec lui sur le sable.

— Tu aurais pu jouer au frisbee avec elle, lui dit Valérie. Ça ne m'aurait pas dérangé.

— Moi si. Tu t'en vas bientôt, Stéphanie reste là pour toujours, ce qui me rappelle quelque chose que je voulais t'expliquer.

— Tu ne me dois pas d'explications.

— Peut-être, mais je me sentirai mieux quand j'aurai enlevé ce poids de ma conscience. C'est au sujet du bal de graduation.

— Raison de plus, tu ne me dois aucune explication. D'ailleurs, même si tu m'avais invitée, je serais allée à Montréal.

— Aïe, tu sais vraiment comment blesser un gars au plus profond de son coeur. Sincèrement, aurais-tu préféré aller à Montréal plutôt qu'à un bal de graduation avec un gars aussi extraordinaire que moi ?

— Tu crois peut-être que je vais te donner la satisfaction de répondre à cette question ?

— Tu vois, tu me prends pour un vaurien, mais je n'en suis pas un. J'ai longuement réfléchi avant de prendre ma décision. Je voulais t'emmener, c'est vrai, tu peux me croire ou ne pas me croire, à ta guise. Et un soir, j'étais avec Stéphanie et d'autres jeunes et je l'ai entendue parler du bal de graduation avec ses copines et une remarque qu'elle a faite — je ne me souviens plus laquelle — m'a fait comprendre que cette occasion était importante pour elle. Depuis quelque temps, elle n'est sortie qu'avec moi, alors je me suis dit que personne d'autre que moi ne l'inviterait. Elle a vécu ici et y vivra probablement toute sa vie. Ses copines allaient toutes au bal et elles ne parlaient que de ça. Je me suis dit que si elle n'y allait pas, elle en serait très peinée. Toi, tu vas retourner chez toi et tu ne reverras probablement jamais tous ces jeunes et tu auras ton bal à toi l'an prochain.

— Si on m'y invite.

— Ne t'inquiète pas, il y aura probablement une file de garçons pour toi et tu n'auras qu'à choisir. Et si personne ne t'invite, eh bien, je viendrai avec plaisir à Morency et je t'y emmènerai moi-même. Tu sais que je suis très beau en smoking.

— Je pourrais bien te prendre au mot.

— Si tu veux, je suis sérieux, tu sais. On pourrait s'écrire de temps en temps ?

— Bien sûr.

— Ce « bien sûr » était sceptique. Tu ne me crois pas capable de t'écrire ?

— Non.

— Ça prouve que tu me connais mal. Il se trouve que j'écris pas mal de lettres. J'écris à mon oncle Hubert deux fois l'an et j'écris à mes deux grands-mères pour leur anniversaire. Et ce sont des gens à qui je n'ai pas plus envie d'écrire que cela. Alors, imagine ce que je suis capable de faire avec toi, une personne à qui j'ai envie d'écrire.

— Si tu m'écris, je te répondrai, tu peux en être sûr. Mais il faudra d'abord que je voie cette première lettre pour le croire.

— Est-ce que tu me crois si je te dis que je t'aime?

— Non, pas vraiment.

— Tu es pleine de bon sens. Et pourtant, je crois qu'au fond, je t'aime, mais comme je savais que tu allais partir, je n'ai pas voulu que les choses aillent trop loin. Cela me semblait plus intelligent d'agir de même.

— Je comprends ce que tu veux dire.

— Sincèrement, j'aimerais qu'on reste en contact, savoir à quel cégep tu vas aller. Nous allons peut-être nous retrouver là.

— As-tu décidé de ce que tu allais faire?

— Oui, je vais aller au cégep où j'ai été accepté. Mon père en sera bien content.

— Je suis certaine que tu seras plus heureux là-bas qu'ici. À l'automne, il n'y aura plus personne de toute manière.

— C'est vrai, j'y ai pensé. Si tu ne crois pas que je t'aime, es-tu capable de croire autre chose?

— Quoi?

— Que j'ai le goût de t'embrasser, tout de suite.

Valérie éclata de rire.

— Oui, ça, je le crois.

Ils s'embrassèrent donc, l'odeur de leurs deux corps mêlée à celle du sable... jusqu'à ce qu'ils entendent le déclic d'un Polaroïd et le ricanement de Sylvain.

Arnaud dut courir quinze minutes après son copain pour lui arracher cette photo des mains. De retour près de Valérie, il la posa sur le sable en disant:

— Tu ferais mieux de la mettre en sécurité.

Et c'est ce qu'elle fit. Elle la garda dans la poche intérieure de sa valise pendant tout son séjour à Vancouver, puis dans un tiroir de sa commode, sous une pile de chandails, lorsqu'elle retourna chez elle. Et pendant longtemps, elle sourit rien qu'à l'idée de savoir que cette photo était là — son plus beau secret. Elle la regardait les jours difficiles. Les jours où rien n'allait, où elle était tout embrouillée. Les jours où la nouvelle Valérie semblait lui échapper. Dans ces moments de découragement, cette photo était la preuve dont elle avait besoin pour se rassurer que la nouvelle Valérie existait et qu'elle existerait encore longtemps.

Dans la même collection

- Cindy
- Mon premier ami
- Des vacances de rêve
- Reine d'un jour
- Le printemps de l'amour
- Amour secret
- Vivre mes seize ans
- 16 ans à peine
- Un choix difficile
- Un amour impossible
- Les rêves d'Ellyne
- Un été qui promet
- La soeur de l'autre
- Qui va m'accompagner
- Une lointaine promesse
- Julie
- Un appel pour toi
- Des baisers à vendre
- L'ami idéal
- Sauvée par l'amour
- L'amour de Christie
- Amour et rock
- Apprendre à dire non
- L'amour de sa vie
- Quand les rêves se réalisent
- Pourquoi pas lui
- Vivre sans toi
- La rivale
- Amours de jeunesse
- Aimer sans limites
- Elle s'appelait Été
- Pour un baiser
- Une fille frivole

- Un amour caché
- Je veux un ami
- Le garçon d'à-côté
- Écoute ton coeur
- Mon coeur balance
- Pris au piège
- Sur la pointe des pieds
- Une histoire d'amitié
- Écris-moi tous les jours
- Je rêve d'un ami
- Trop parfaite
- Un garçon pas ordinaire
- Une heureuse surprise
- J'irai jusqu'au bout
- Devenir quelqu'un
- Angélina
- Coup de foudre
- Un si beau rêve
- Une vraie jeune fille
- Quand naît l'amour
- Embrasse-moi
- Son coeur a choisi
- Un étrange été
- Téléphone-moi
- C'est lui que j'attends
- Une chanson pour toi
- Ce soir-là
- Lui ou les autres
- L'amour en fuite
- Plus jamais seule
- La rançon de la beauté
- L'amour est aveugle
- Son plus beau secret
- Le visage de l'amour

ACHEVÉ   D'IMPRIMER
EN   MAI   1989
SUR LES PRESSES DE
PAYETTE & SIMMS INC.
À SAINT-LAMBERT, P.Q.